連句茶話

鈴木 漠

編集工房ノア

連句茶話＊目次

表紙絵：A・ジャコメッティ「雨の通りを急ぎ足で」から
装訂　森本良成

連句茶話

（0）　連句茶話事始め

――序に代えて

先覚・宮崎修二朗翁の慫慂に従って、伝統のある『六甲』誌に、連句に関する茶話《チャット》を続けさせていただくことになりました。希代のエンサイクロペディスト・宮崎翁の御意にかなうほどの知識を持ち合わせているはずもありませんが、二十世紀のわずか百年の間に衰退をきわめた連句文芸の復権を人一倍願っている私としては、せっかくいただいた機会に連句というジャンルの再認識と再構築を一歩でも進めたいと思うのです。伝道師気取りで知ったかぶりの披瀝や、馬脚を現すこともしばしばあるかと存じますが、ご寛容の精神で宜しくご清聴のほどをお願い申し上げます。

十九世紀末、詩歌の改革者正岡子規があらわれて「発句（連句の第一句）は文学なり。連俳（連句本体）は文学に非ず。」と論断するまで連句は、和歌や漢詩以上にわが国の民衆から最も愛された国民文学でした。しかもその歴史は、八世紀の『古事記』や『万葉集』よりもはるかに古く古代中国の漢詩聯句にまでさかのぼるのです。その間に蓄積された厖大な詩歌創作のノウハウや修辞法が、近代の文芸観にスポイルされた詩歌人たちによって連句が顧みられなくなった結果、おおむね忘れ去られてしまったのでした。このことは、豊かな言葉の富の喪失または崩壊という現象以外の何ものでもないと思うのです。

拙い私の四方山《よもやま》話から、その辺の事情をお汲み取りいただければ望外の幸せに存じます。

（1） 連句という言葉

明治期まで連句は通常、俳諧の連歌《れんが》略して「俳諧」と呼ばれていました。対して「連句」という言葉は、高濱虚子の発案で、俳諧の発句（俳諧の最初の句）から独立した「俳句」との混同を避ける目的をもって、従来の呼称「俳諧」に代えて明確に「連句」と呼ぶことにしたいと、主宰する俳誌『ホトトギス』に提唱して広まったと信じられているようですが、けっしてそんな次元の話ではありません。例えば十八世紀明和・安永年間に活躍した与謝蕪村にも「紫狐庵連句集」や「連句稿」といった用例がありますし、それより何より古代中国に始まる対話形式の漢詩の一様式、聯句（連句）に由来するのです。

虚子の事例は別の機会にまた詳しくご紹介することとして、まず紀元前一一六年の古代中国、漢の武帝の治世に、首都長安に建立された香柏を建築材とする楼閣・柏梁台の竣工祝筵で詠じられた対話の詩「柏梁詩」が知られています。武帝が詠んだ第一句「日月星晨四時《しいじ》を和す」に、居並ぶ群臣たちが一句ずつ唱和したというものです。

日月星晨四時《しいじ》を和す　漢　武帝
驂駕《さんが》駟馬《しば》梁従《よ》り来《きた》る　梁王孝武
郡国の士馬羽林の材　大司馬
天下を総領する誠に治め難し　丞相石慶
四夷を和撫する易からざる哉　大将軍衞青
刀筆の吏は臣之《これ》を執らん　御史太夫倪
鐘を撞《つ》き鼓を伐《う》ち声詩に中《あた》る　太帝周建徳
宗室の広大日に益々滋《しげ》し　宗正劉安国
（以下十八句省略）

ちなみに柏梁台は高さ数十丈、香柏を建築材としたためその香りは数十里にわたって広がったのだそうです。白髪三千丈に類する誇張の挿話かも知れませんが、それにしても、それほどよい香りのする松柏（常緑針葉樹）とは何だったのか？　もしかすると漢の潤沢な財力に物言わせて輸入したレバノン杉か何かだったのでは？　などと空想が広がります。

顔真卿「竹山堂連句詩帖」から

そして「柏梁詩」は連句の始まりであるばかりか漢詩七言詩の嚆矢《こうし》でもあるといわれるのですが、対話形式のこの詩体は、以後「柏梁体」と呼ばれ、日本人にも馴染み深い「帰去来兮辞」や「桃花源の記」で知られる五世紀東晋の陶淵明《とうえんめい》、唐時代の詩人韓愈《かんゆ》、白居易《はくきょい》、李賀《りが》あるいは書家の顔真卿《がんしんけい》なども、友人たちとのコラボで、ときには独吟で好んで創作したようです。中国文学者井波律子氏の著書『奇人と異才の中国史』（岩波新書）から顔真卿の書跡を引用紹介します。「連句」という言葉が、よほど古くから使われていた史実をご理解いただけるかと存じます。

鎌倉時代から室町時代にかけて盛行し、洗練をきわめていくわが国の連歌《れんが》、とりわけ百韻形式（韻とは漢字分類の単位の意であり、脚韻の素材であるとともに詩歌それ自体をも指す）の定着過程に、これら漢詩連句の様式が大きく影響したことは間違いないのですが、その辺の事情のご紹介は、また別の機会に譲ります。

(2) 夭折詩人李賀の連句

前回、連句発生現場の一つとして紀元前二世紀古代中国漢の武帝の漢詩連句「柏梁詩」を紹介しましたが、ことのついでに対話の詩形式「柏梁体」に、もう少し触れておきます。

李白や杜甫あるいは白居易（白楽天）ほどに日本人に馴染みはありませんが、歴史上最初に「鬼才」の名を冠せられた詩人に中唐の李賀（字《あざな》は長吉《ちょうきつ》）がいます。私などもその端くれですが李賀の隠れファンは多いようです。三島由紀夫は李賀の詩句「長安に男児有り／二十にして心已《すで》に朽つ」（「陳商に贈る」）を好んで色紙等に揮毫したそうです。直木賞作家車谷長吉氏もそのペン・ネームから推測すると、どうやら李賀ファンのようです。李白の天才、白居易の人才に比して人々が李賀を鬼才と崇めただけに、妖艶にして幽幻な詩を多く書き夭折した詩人ですが、幼い頃から詩文をよくし、推敲の故事で知られる大詩人韓愈《かんゆ》に見出《いだ》されたと伝えられます。李賀が死に臨《のぞ》んだとき天帝が使者を遣わして「天に白玉楼が完成したので、天帝のめがねにかなう詩人李賀を召して記を作らせたい。」と告げ、李賀は「自分には老母がいて孝養を尽くさねばならないからまだまだ天国へは行けない。」と固辞したが、空中に響く音楽や車輪の音とともに連れ去られ、同時に息を引き取ったという「白玉楼の故事」が知られます。以来、文人墨客の死ぬことを「白玉楼中の人となる」と譬《たと》えるようになりました。（李商隠「李賀小伝」）

その李賀に柏梁体（漢詩連句）の詩が二篇残されています。李賀の連句は独りで詠むいわゆる独吟ですが、例えばその一つ「惱公」（悩ましい人）という詩は、宋玉という名のプレイ・ボーイと董嬌嬈という名の遊女らしい架空の人物二人を登場させて、恋の口説を闘わせるという設定になっています。
「悩ましい人」
男　ぼくは宋玉　恋にやつれて
女　あたしは嬌嬈　紅お白粉《しろい》で
　　歌ごえは春草の露
男　門掩《おお》う杏の花むら
　　くちびるは小さな桜桃《みざくら》
「惱公」
宋玉愁空断
嬌嬈粉自紅
歌聲春草露
門掩杏花叢
注口櫻桃小

女　眉は濃い桂のみどり　　　　　添眉桂葉濃
　　あかつきのお化粧さえて　　　暁奩粧秀靨
　　　　　　（以下九三句省略）

原田憲雄訳注『李賀歌詩編』（東洋文庫）から

この詩の例のように詩編が一〇〇句で構成されるということは、わが国の室町時代に洗練をきわめる百韻連歌《れんが》形式の見本になったのではないかと、私などは想像しています。

李賀は、一度は官吏に登用され長安の王宮に出仕したものの下級役人の勤めが嫌になり、故郷の昌谷《しょうこく》へ帰って二十七歳で死ぬのですが、郷里ではお供の少年を連れロバに乗って山野を巡り、馬上で詩を書いては侍童が提げた籠に詩稿を投げ入れ、帰宅して清書する毎日だったそうです。老母が「この子はそのうちに魂を吐き出して死んでしまうよ」と嘆いたそうですが、連句のもう一編「昌谷詩」は、李賀自身とお供の侍童が対話する設定で、故郷昌谷の風物を歌い上げた田園詩になっています。もちろん李賀独りの創作（独吟）です。

「昌谷の詩」　　　　　　　　「昌谷詩」

童　昌谷の五月の稲は　　　　昌谷五月稲

賀　さやさやと水面に一杯だ　　細青満平水
　　遥かな山が畳み押し合い　　遥巒相壓疊
童　どろりと緑が地に落ちそう　頽緑愁堕地

（原田憲雄訳、以下九四句省略）

(3) 筑波《つくば》の道

わが国の連句の歴史は『古事記』に溯ります。まず『古事記』上つ巻の、イザナギ・イザナミ男女神による国生み神話はよく知られるとおりです。天《あめ》の御柱《みはしら》を二柱の神がめぐり合いながら「この天の御柱を行き回り逢《めぐ》ひて、美斗《みと》の麻具波比《まぐはひ》せむ」と互いに求婚するくだりで、最初に女神の方から「あなにやし、えをとこを（ああ、なんて見目《みめ》麗しい人でしょう＝福永武彦訳）」と呼び掛けたところ流産などで不調に終わったため占いを立てると、女神から声を掛けたのが良くない、まず男神の方から呼び掛けるべきだ（男尊女卑もいいところですが）との託宣でやり直し、「あなにやし、え娘子《おとめ》を」「あなにやし、えをとこを」と呼び合いまぐわった結果、淡路島をはじめ四国、九州など大八島（日本列島）が誕生したというわけです。この「美斗の麻具波比」の唱和がそもそもの連句の始まりだと言い伝えられています。この故事をもって後世の松尾芭蕉なども、一巻の連句には必ず恋句の応答（相聞）を要すると説きました。

連句発生現場のもう一つは、同じ『古事記』中つ巻、古代の英雄倭建命《やまとたけるのみこと》東征の場面です。父・景行天皇の命に従って関東平定に赴き、相模から房総半島へ渡るときには、妃《きさき》の弟橘比売《おとたちばなひめ》を海神への人身御供として失うなどの艱難辛苦を重ね、ようやく甲斐の国まで帰ってきて酒折《さかおり》の宮に宿営した時には、さすがの英雄も疲れ果てて、

新治《にひはり》、筑波《つくば》を過ぎて、幾夜か宿《ね》つる

〈すでに常陸の国の新治も過ぎた。筑波も過ぎた。それからさらにこの地に至るまでにまた幾夜をか寝たことであろう？（福永訳）〉

と、つぶやくように歌ったところ、そばに侍って警護に当たっていた御火焼《みひたき》の老人が、

かがなべて、夜には九夜《ここのよ》、日には十日を

〈過ぎた日を指折り数えますと、早くも夜は九夜が過ぎ、日は十日が過ぎてしまいました。（福永訳）〉

と歌い継いでお褒めにあずかった片歌問答が伝わるとともに、連句（連歌《れんが》）の起源をこの挿話におくことが定説になりました。

室町前期に摂政関白二条良基らによって編集され、後に勅撰に準ぜられた最初の連歌集が『菟玖波集《つくばしゅう》』と名付けられたのも、この故事に由来します。また、和歌を「敷島の道」と称ぶことに対して、連歌俳諧を「筑波《つくば》の道」と称ぶ由来ともなりました。

よく「連句」と「連歌《れんが》」はどう違うのかと質問されます。その違いについての説明はまた別の機会に譲りますが、本質的には同じものだと私自身は考えています。各時代の政治状況あるいは経済的な背景の推移にともなって、いわゆる連句文芸も呼称や形式を含めた変遷を重ねてきたわけです。

知人の中には、「連句」ではなく「連歌《れんが》」という呼称に拘《こだわ》る方もおられますが、すくなくとも『万葉集』『古事記』の時代には「連歌」とは言わず、もっぱら「続《つ》ぎ歌」と称ばれていたようです。やがて二句のみの唱和になるものを「短連歌《れんが》」と称ぶようになり、次の世代『古今和歌集』の頃になると、二句にとどまらず三句四句、それ以上に長く連ねる「鎖連歌《くさりれんが》」に発展し、『新古今和歌集』の鎌倉時代から室町期にかけて、百句で完結する形式「百韻《いん》」へと洗練されていくのです。

（4） 万葉集の連句

連句発生の現場として漢詩連句や『古事記』の例をご紹介してきましたが、文献として最古のものの一つは『万葉集』巻八の、大伴家持と尼とよばれた女性との間に交わされた続歌《つぎうた》でしょう。その頃まだ連歌《れんが》という言葉は無く、もっぱら続《つ》ぎ歌といわれたようです。

尼、頭句《はじめのく》を作り、并《また》大伴宿禰家持、尼に誂《あとら》へらえて末句《すゑのく》を続《つ》ぎて和《こた》ふる歌一首

佐保河の水を塞《せ》き上げて植ゑし田を（尼の作）
刈れる早飯《わさいひ》はひとりなるべし（家持続ぐ）　（1635番歌）
（奈良の都近くに流れる佐保川を塞《せ》き止めて植え育てたような娘を＝尼）
（その瑞々しい稲を刈り取る有資格者は私ひとりと思《おぼ》しめしください＝家持）

というような上句と下句を分けて合作された応答歌（続歌《つぎうた》）が記録されています。

稲を若い娘に例えるこのような歌を読むと、以前に紹介した唐の夭折詩人李賀の漢詩連句「昌谷詩」の第一句「昌谷の五月の稲は」を連想しますし、つくづく日本人は農耕民族だったのだな、と納得させられます。

話は脱線しますが、静物画のことを西欧では「ナチュール・モルト（死んだ自然）」と言いますが、西欧の画家たちがもっぱら狩猟で獲《え》た鳥や兎など小動物たちの屍骸を静物画の画材に選んだからです。このことは、花鳥風月を日常生活に取り込んできた農耕民族日本人と異なって、西欧人が根っからの狩猟民族だということを象徴していないでしょうか。ひるがえって西欧の肉食文化を積極的に受け入れてきた明治期以降の日本人が、花鳥風月を陳腐なものとして疎《おろそ》かにしはじめたこととは何か因果関係があるのかも知れません。ともかく歳時記記載の季語の大半が稲作文化に由来するらしいというのが私の感想です。花鎮め、鳥追い、風祭り、虫送りなど稲作に密着した年中行事も多いでしょう。

閑話休題。前述の、尼とよばれた女人は、『万葉集』巻三の記述などを参考にすると、どうやら新羅《しらぎ》の国から帰化して大伴家に寄寓した「理願《りがん》」という名のインテリ女性のようです。巻三460番の長歌並びに短歌に、

大伴坂上郎女《さかのうへのいらつめ》（家持の叔母）、尼理願《りぐわに》の死去《みまか》りしを悲嘆《なげ》きて作れる歌并《ならび》に短歌

たくづのの　新羅《しらぎ》の国ゆ　人言《ひとごと》を　よしと聞《きこ》して　問ひ放《さ》くる　親族兄弟《うからはらから》　無き国に　渡り来まして（以下略）

と詠《うた》われ、そして注記には、

右は、新羅国の尼、名を理願といへり。遠く王徳《おほきみのみうつくしび》に感《かま》けて聖朝《みかど》に帰化《まゐ》きぬ。時に大納言大将軍大伴卿の家に寄住《す》み、既に数紀《あまたのとし》を逕《へ》たり（以下略）

という記述があるからです。

家持が活躍した頃（八世紀）の朝鮮半島は、百済《くだら》や高句麗《こうくり》を滅ぼした新羅によって統一された安定期にありましたから、亡命とか拉致とかの非合法手段ではなかったかも知れません。しかしまた新羅に滅ぼされた百済などの王族の一員が亡命の末帰化した可能性もあります。ともかく大伴家こぞっての尊崇を一身に受け、死去の際には手厚く葬られた様子から、理願尼は、大伴一族の家庭教師だったのだろうと推測されます。

以後、対話形式（ダイアローグ）としての詩・連句は、各時代の詩歌人に愛され、わが国固有の文芸として洗練されていくのです。

(5) 漢字かな交じり文

平安時代に定着した表音文字の仮名《かな》を、私は日本人最大の発明だと考えます。単に表音文字を発明しただけではなく、表意文字の漢字と組み合わせて、漢字かな交じり文いわゆる漢文訓読体を創出したことが素晴しい。現代人の私たちが何気なく日常に用いる漢字かな交じり文からは、詩歌文芸は言うにおよばず事務文書や学術論文、恋文にいたるまで、測り知れぬ恩恵を受けているわけです。この漢字かな交じり文による表記が定着したのは、どうやら十一世紀初頭の『和漢朗詠集』成立の頃のようです。『和漢朗詠集』は、三十六歌仙を選定した学者歌人藤原公任《きんとう》が漢詩文の秀句と優れた和歌とをテーマごとに組み合わせたアンソロジーですが、国文学者川口久雄の解説によると、当初、漢詩句は原詩に忠実に漢音直読つまり原語で朗詠されていたものが、成立時には漢文訓読体で朗詠され、私たちにも親しい現今の形に定まったようです。高校の授業で習った『平家物語』「忠度《ただのり》都落の事」のくだり、薩摩守忠度が和歌の師藤原俊成の邸を辞する折に高吟した『和漢朗詠集』の中の詩句「前途程遠し、思ひを雁山《がんざん》の夕べの雲に馳《は》す（江相公）」などの印象は今も記憶に鮮明です。

この和句と漢句を並べるという発想は、後世、鎌倉期から室町期へかけて五山の禅僧や戦国武将たちの間で盛んに創作された和漢《わかん》連句に継承されます。和句を発句とするものを「倭漢連句」、漢句を発句とするものを「漢和《かんな》連句」と称《よ》びますが、一例として、戦国武将武田信玄が都から下向してきた勅使を接待して催した和漢連句の一部を紹介します。

心もて染《そめ》ずはちらじ小萩原　晴信（信玄）
新霜有雁来（新霜雁来たる有り）　龍
搗衣空外力（衣を搗《つ》く外力空し）　鳳栖
かり寝の夢の覚《さむ》るほどなき　蘭
（世吉形式の、以下四十句を省略）

鄙《ひな》の甲斐にも都に劣らぬ風雅があると誇示したい若い日の武田信玄の、勅使に向けたデモンストレーションでもあったでしょう。

話は変わりますが、仮名文字といえばまず「いろは」四十七文字が連想されます。寺子屋教育の定番だった「いろは」も、昨今の学校教育の現場では殆ど取り上げられないようです。いろは歌「色は匂《にほ》へど散りぬるを／我が世誰《たれ》ぞ常ならむ／有為《うゐ》の奥山今日《けふ》越えて／浅き夢見じ酔《ゑ》ひもせず」は、涅槃経の偈《げ》「諸行無常／是生滅法／生滅滅已／寂滅為楽」の意を和訳したもので、仏教の教義をこれほどの歌にまとめる超絶技巧の持主といえば弘法大師空海を措《お》いてあるまいというわけで、いろは歌の作者は空海と信じられていたようです。しかし、その方面の研究では、いろは歌が成立したのは、実は空海没後の平安中期なのだそうです。

かつては世間でふだんに用いられ、例えば江戸町火消四十七組の組名、あるいは「いの一番」など数字代わりの数列にまで応用されていた「いろは」も、今や絶滅危惧種の一つでしょう。しかしその一方で、グローバルな芸術・音楽の世界で音楽用語としていまだに「いろは」が現役で多用されているのは、何とも不思議な現象です。ト音記号、へ音記号はもとより、曰く イ短調、曰くハ長調、嬰へ短調、変ロ長調といった具合にです。

いろはにまつわる余談をもう一つ。へチマはなぜ「へチマ」なのか。日葡《にっぽ》辞書によると、へチマは糸瓜または唐瓜（とうり）と称《よ》ばれていましたが、「と」はいろは順で「へ」と「ち」の間《ま》即ち「へちま」の駄洒落だったのです。

（6） いろは歌の謎

中世の連句（連歌《れんが》）は多分に言語遊戯の要素を含んでいて、例えば賦物《ふしもの》（句の中に別の言葉を隠すこと、「物名《もののな》」ともいう。）や勝負を競う勝負連歌の興行などが盛んに行われました。和歌の場合も『古今和歌集』などは第十巻を「物名」と題する章に丸ごとあてています。例えば、

来《く》べきほど時過ぎぬれや待ちわびて鳴くなる声の人をとよむ　藤原敏行朝臣

という歌には「ほとゝぎす」という言葉が、

あき近う野はなりにけり白露のおける草葉も色かはりゆく　紀　友則

には「桔梗（きちかう）のはな」という言葉が隠されていますが、連句（連歌）でも同じような言語遊戯が好まれ、例えば各句の頭にいろは四十七文字を冠した「以呂波連歌《いろはれんが》」、黒いもの、

白いものを交互に詠みこんだ「黒白連歌」など賦物の試みも多岐にわたります。

例えばその「以呂波連歌」は、

いをねぬや水のもなかの月の秋　兼良
櫓《ろ》をおす舟の初雁の声　方

という具合に、各句の頭にいろは四十七字プラス京（きやう）三字を加えた計五十字を置くことを二度繰り返して百韻に詠み込んでいます。

前回、表音文字・仮名の考案は日本人最大の発明と言挙げしましたが、賦物という観点から、いろは歌の謎に触れてみます。

「色は匂《にほ》へど散りぬるを／我が世誰《たれ》ぞ常ならむ／有為《うゐ》の奥山今日《けふ》越えて／浅き夢見じ酔《ゑ》ひもせず」という歌詞が、涅槃経の「諸行無常／是生滅法／生滅滅已／寂滅為楽」という偈《げ》を和訳したもので、これほどの超絶技巧を施し得るのは天才・弘法大師空海を措《お》いてあるまいと考えられ、いろは歌の作者は空海と信じられてきました。空海が入唐した九世紀初頭の長安は国際都市として発展の極みにあり、隆盛を誇った仏教以外にもシルク・ロードを経由したゾロアスター（拝火教）やキリスト教ネストリオス派（景教）の布教が盛んだったそうですが、その空海が必ずや景教に接触し、密教にキリスト教の要素を加味したであろうという俗説が流布されたことがあります。その根拠の一つとして、いろは歌に隠されたらしい謎の言葉が注目されました。

いろは歌を七字ごとに区切って並べると、

いろはにほへと
ちりぬるをわか
よたれそつねな
らむうゐのおく
やまけふこえて
あさきゆめみし
ゑひもせす

となり、上段に「いちよらやあゑ」、下段に「とかなくてしす」という言葉が忽然と現れます。「いちよらやあゑ」とは古代ヘブライ語で「ヱホバ燔祭《はんさい》に赴きたまう」という意味、また「とかなくてしす」は「咎《とが》無くて死す」つまりイエス・キリストが罪無くして磔刑に処されたことを意味するという俗説です。

荒唐無稽な話と思う一方で、何か妙に説得力をも感ずるのですが、いかがでしょうか。

賦物は、室町期の百韻連歌の時代になると、全く形式的な扱いになり、発句にのみ言葉を隠す単なる約束ごとになります。例えば百韻の規範、飯尾宗祇らの百韻「水無瀬《みなせ》三吟」は「賦何《ふすなに》人連歌《ひとれんが》」と副題されていますが、「何」には発句の中の言葉「山」を当てはめて、

雪ながら山本かすむ夕べかな　　宗祇

という発句の「山」字の下に「人」即ち「山人」という熟語を隠したことを示しています。

（7）連句の構成

連句と連歌《れんが》の違いは何かという質問をしばしば受けます。きわめて図式的に言ってしまえば、雅《みやび》やもののあわれを主題とし、修辞には大和言葉を重要視した創作を旨とする有心《うしん》派（柿本《かきのもと》衆《しゅう》とよばれ、四位五位以上の殿上人が主流）の伝統を墨守するのが「連歌」、対して外来語の漢語や俗語、俳語を積極的に取れ入れ諧謔風刺をもっぱらとする無心派（栗本衆《くりのもとしゅう》とも言い僧侶や北面の武士等地下《ぢげ》人に多かった）が好んだ「俳諧之連歌」略して「俳諧」が後世にいう「連句」です。尤《もっと》も連句という言葉自体は古代から使われていたとは以前に紹介したとおりです。ちなみに無心派の「無心」とは、現代にいう「イノセント（無邪気）」ということではなく、雅やもののあわれを理解する心を持ち合わせないというほどの意味です。三夕の和歌の西行法師の歌、

心なき身にもあはれは知られけり　鴫立つ沢の秋の夕暮

にいう「心なき」の「無心」がそうです。西行は、「雅やもののあわれを理解しない自分だが、

さすがに鴫の立つ沢の秋の夕べの風情には心を動かされる」と歌ったわけです。

ここで、連句の構成についてすこしご説明しておきますと、連句の記録係を「執筆《しゅひつ》」といいますが、連句の記録には、懐紙を二つ折り（「折《おり》」とよぶ）にして表と裏を作ったものを用い、例えば連句の標準的《スタンダード》な形式「百韻」では折を4枚使います。最初の折（初折《しょおり》）では、表に発句をはじめ8句、裏に14句を、2枚目（二ノ折）と3枚目（三ノ折）とは表裏ともにそれぞれ14句ずつ、最後の4枚目（名残ノ折）では表に14句、裏に8句、併せて一〇〇句という具合に記録します。

初折　＋二ノ折、三ノ折＋　名残折　＝百韻

(8＋14)＋　(14＋14)×2＋　(14＋8)　＝100

ところが百韻ともなりますと、さすがに冗長で、制作にも時間がかかるところから、百韻の1枚目と4枚目のみを使い44句で構成する「世吉《よよし》」形式が工夫されました。江戸期松尾芭蕉たちの時代になると、世吉をさらに簡略化した「歌仙」形式（初折表6句、裏12句、名残折表12句、裏6句の合計36句で構成）が新しい標準様式として重用されるようになり現代にまで及んでいます。

「百韻」「世吉」から簡略化された「歌仙」ですが、それでも発句から挙句まで首尾するには、およそ半日の時間を要するところから、多忙な現代人には、さらに短い形式が好まれ、24

句構成の「短歌行」（芭蕉の高弟各務支考が重用）、20句構成の「二十韻」（信州大学名誉教授の故東明雅考案）、16句構成の「獅子」（俳人の故窪田薫考案）さらには西欧の脚韻定型詩ソネットに倣った14句構成のものなど現代の連句はまさに百花斉放の趣です。

なかでソネット形式は、昭和初期に書かれた立原道造や中原中也の無押韻十四行詩で広く知られるようになりましたが、本来は、中世イタリアに起源をもつ脚韻定型詩で、ヨーロッパ中に広まり、十七世紀初頭のイギリスではシェークスピアが多作し、十九世紀フランスでもボードレール、ランボー、ヴァレリーらが秀作を残しました。やはり昭和初期、パリ留学帰りの若き哲学者九鬼周造が長文の論考「日本詩の押韻」を発表し日本語による脚韻詩創作を奨励しました。九鬼の衣鉢を継ぐ福永武彦、加藤周一、中村眞一郎らによる「マチネ・ポエティク脚韻詩運動」もありましたが、菲才を顧みず私なども、九鬼の理念を連句の世界に生かしたいと微力を捧げているところです。

(8) ソネット連句

新しい形式のソネット連句について、ことのついでにすこし触れておきます。

ソネット形式は昭和初期、立原道造や中原中也の無押韻十四行の抒情詩でわが国でもよく知られるようになりましたが、本来は中世イタリアに起源をもち、イタリア語 sonare（響鳴する）に由来する脚韻定型詩です。二つの四行詩《クワトラン》と二つの三行詩《テルセ》それぞれの脚韻《ライム》が響き合う詩形式で、ヨーロッパ中に広まり、十七世紀初頭のイギリスではシェークスピアが多作し、十九世紀フランスでもボードレール、ランボー、ヴァレリー等が秀作を残しています。昭和六年、パリ留学帰りの若き哲学者九鬼周造が発表した長文の論考「日本詩の押韻」は、日本の詩にも、西欧詩や漢詩に倣《なら》った脚韻を施すよう熱心に提唱したものでした。九鬼の論旨を要約すると、ラテン語やイタリア語の母音律は日本語のそれと似ているので、ラテン語やイタリア語と同様、日本語の詩にあっても脚韻は有効なのだ、というものでした。ちなみに九鬼の代表的な論考

『いきの構造』に実存主義の影響があると言われますが、実は九鬼周造のパリ留学時代にフランス語の家庭教師だったのが若い日のJ・P・サルトルだったそうです。それはさて措《お》き、ソネットのほかにも例えばテルツァ・リーマ（三韻詩）という脚韻詩もあり、十四世紀初頭に当時のイタリア現代語（トスカーナ語）で書かれたダンテ『神曲 La Divina Commedia』は、地獄篇、煉獄篇、天堂篇の全一〇〇曲すべてが、3行目ごとに脚韻を施すこのテルツァ・リーマで書かれた壮大な叙事詩なのです。九鬼はそれら西欧の脚韻詩を紹介するばかりでなく自ら30篇ほどの実作を試み、日本の詩人たちを挑発鼓舞しましたが残念ながら顧みられること少なく、九鬼の衣鉢を継いだのは、わずかに福永武彦、中村眞一郎らマチネ・ポエティクグループの詩人たち数人にとどまりました。それを惜しむ私なども、せめて連句の世界で九鬼の理念を生かせないものかと菲才を顧みず奮闘しています。一例として私が所属する連句会のソネット作品を紹介しておきます。

「アキレスと亀」（ソネット抱擁韻）

アキレスと亀の遅速の夜長かな　　漠a（秋）
月の兎はどちら応援？　　てつじb（月）

試合終へ静まる蔦の甲子園　　洋子b（秋）
　微苦笑誘ふ孫のカタカナ　　昌子a（雑）

日向ぼこ昔話で弾みをり　　才c（冬）
　蠟梅の香と誰か言ひ出し　　あすかd（冬）
変らずと誓ふ言葉も徒々《あだあだ》し　　多衣d（恋）
　自縄自縛の愛執《あいしふ》の檻《をり》　　漠c（恋）

浜風に吹かれて辿る遍路道　　昌子e（春）
　魂と化し蝶は虚空へ　　洋子f（春）
花筏運命《さだめ》託して水の上《うへ》　　あすかf（花）

　流れ来る曲情感に満ち　　才e（雑）
涼しき絵鬼を描きて筆奔放　　てつじg（夏）
　筍料理老舗《しにせ》割烹　　多衣g（夏）

＊押韻形式は abba/cddc/eff/egg

ソネットの脚韻修辞法は大別して抱擁韻、交叉韻、平坦韻の3種類があり、右に例示した「アキレスと亀」の場合、1句目と4句目の脚韻「かな」が2句目と3句目の脚韻「ゑん」を、また5句目と8句目の脚韻「をり」が6句目と7句目の脚韻「だし」を、それぞれ抱き込むように押韻されるので「抱擁韻」とよばれます。

九鬼周造の墓（京都法然院）

⑼　付けと転じ

連句の要諦は「付けと転じ」にあります。わけても「転じ」（変化すること）は連句最大の理念です。前句から連想または触発され（付け）て付句が生まれますが、付句は必ず前句を離れ（転じ）て、変化することが求められます。前句のもう一つ前の句を「打越《うちこし》」と言いますが、付句が打越へ後戻りすることは「観音開き」と言って連句最大のタブーとされます。情景や人物描写の後戻りばかりでなく措辞の後戻りも嫌われます。松尾芭蕉も「歌仙は三十六歩也。一歩も後に帰る心なし。行くにしたがひ心の改むるはただ先へ行く心なれば也。（『三冊子』）」と教えています。然《しか》るに明治期、詩歌の革新をめざした正岡子規の「連俳非文学論」（明治二十六年「芭蕉雑談《ぞうたん》」）は、逆に、主題を持たぬまま変化を繰り返すから連句は文学に非ず、と論断しました。それは全く子規の誤解か認識不足で、変化こそ連句の生命線なのです。室町前期二條良基以来積み重ねられてきた煩雑な式目や去嫌《さりぎらい》の大半は、いかに効率よく美しく連句を変化させることができるかというノウハウの累積なのです。

では、なぜそれほどまで連句に変化が求められるのか。連句の主題と目的とするところは、歌仙なら36句、ソネットなら14句とそれぞれ限られた言語空間の中に、森羅万象や四季の変化あるいは人事百般などをあたう限り多く写しとり、言葉による別世界を構築することにあります。別ジャンルの芸術、例えば障壁画に描かれる四季山水図や年中行事図を比較してみて下さい。一つの画面に変幻無礙の情景が描かれますが、連句一巻の制作にも似たような思考回路と修辞法が施されます。さまざまな情景を描き分けるためには、絶えざる変化が求められるわけです。四季の変化を詠み分けるために、春や秋は3句乃至5句まで続けて可、夏や冬は2句続き程度にとどめるといったルールが自然に定着しました。

また連句一巻の構成には、能楽や舞楽のドラマツルギーに似た方法が適用されます。すなわち「序破急」の構成です。劇詩の要素を持つ連句文芸において、幕開けからいきなり劇的な言葉や情景を展開して作品を尻すぼみに終わらせぬ配慮から、百韻の表八句や歌仙の表六句を序破急の序と見做して穏やかにスタートし、神祇・釈教・恋・無常あるいは固有名詞や魑魅魍魎などの刺激的な言葉は、発句を除き表の句では極力控えよ、という教訓が定着しました。しかし例えば妖怪趣味や歴史観念の強かった与謝蕪村の連句などを見ると、ルールを無視して、のっけから妖怪や地名人名が躍動しています。蕪村が百も承知で式目違反を侵したのは、序破急の破や急の段に至って、より劇的な場面を演出しバランスをとれば、劇の構成に尻すぼみや破綻をきたすことはないと考えたのでしょう。式目が必ずしも金科玉条ではないと理解されます。

「付けと転じ」という観点からすると、中世の連歌などは、むしろ式目意識が稀薄だったように見受けられます。室町後期、百韻連歌の規範とされた飯尾宗祇らの「水無瀬三吟」にして然《しか》り。連句の文学性、精神性を高めた松尾芭蕉の歌仙作品にしても、芭蕉が『去来抄』や『三冊子』で説いた自らの理念に背反する場合も多々あったようです。

要するに、「変化する（転じる）」という連句最大の理念さえしっかり心得てあれば、百の式目、千の去嫌いも何のその、ほとんどをクリアできること請け合いです。

連句の式目はけっして、いわれるほど難解でも煩雑でもないのです。

(10) 歌合　後鳥羽院と連歌　その一

話題を中世の連句（連歌《れんが》）に戻しますと、中世の連句を考える上で、キー・パーソンの一人はやはり後鳥羽院でしょう。後鳥羽院は、十八歳年上の藤原定家らに勅して『新古今和歌集』を撰進させた日本文学史上稀れな文化功労者ですが、ご自身も和歌に関しては、定家らを上回る超絶技巧の持主でした。例えば、院が主宰した一大イヴェント『千五百番歌合』では、選出した歌人三〇人から各々一〇〇首を詠進せしめ、つまり合計三〇〇〇首（！）を二首ずつ左右に配するとともに、優劣を判定する判者も一〇人を選び、自身も判者の一人となって判を下しますが、担当した「秋二」六百一番目の番《つが》ひとその判詞を例示しますと、

左　このゆふべ風ふき立ちぬ白露にあらそふ萩を明日やかも見む　女房

右勝　ゆふまぐれ待つ人は来ぬ故郷のもとあらの小萩風ぞ訪ふなる　通具

各《おのおの》たてまつれる百首を番《つが》ひて、廿巻の歌合として、人々判じ申すうち二巻、よしあしを

定め申すべきにて侍るに、愚意の及ぶところ勝負ばかりは付くべしといへども、難に於きては如何に申すべしともおぼえ侍らず。左右の下に一文字ばかりを付けば、無下に念なき様なるべし。よりて、判の詞のところに、形の様に三十一《みそひと》文字を連ねてその句の上ごとに勝負の字ばかりを定め申すべきなり。

見せばやな君を待つちよ野べの露にかれまく惜しく散る小萩哉　（傍点、筆者）

とあります。判を担当して左右の歌の良し悪しの判定を下すのに、ただ勝ち負けを言うだけでは詮もないので同じ題詠による自作を添え、その五七五七七の頭に判詞を述べるというのです。判者の歌「見せばやな…」の頭の字を拾うと「みきのかち（右の勝ち）」となり、右方通具を勝ちと判定したことが示されます。ちなみに左方作者「女房」とあるのは主催者後鳥羽院自身のことです。後鳥羽院の判詞はすべてがこの調子で一貫しています。

　この後鳥羽院が実は無類の連歌好きで、頻繁に賭けを伴う勝負連歌の会を催したようです。藤原定家の日記『明月記《めいげつき》』によると、建暦二年（一二一二年）の師走二十八日夜半、自邸で就寝している定家に院からの急なお召しがあり、何事ならんと騎馬参内すると、源家長を奉行として今から連歌の会を催すという御沙汰にげんなりするくだりがあるようです。ちなみに『明月記』の訓《よ》みは、定家のご子孫冷泉《れいぜい》家では「メイゲツキ」ではなく促音で「メイゲッキ」と訓《よ》むそうです。（当主夫人冷泉貴実子さんから直接うかがった話です。）

後鳥羽院が執心したのは勝負連歌のようで、賦物《ふしもの》による課題を与えて、堂上人らの有心《うしん》派（雅《みやび》やもののあわれを重んずる柿本衆《かきのもとしゅう》）と、地下《ぢげ》人らによる無心派（諧謔や風刺を旨とする栗本衆《くりのもとしゅう》）とを競わせる趣向だったようです。

後世、連歌集『菟玖波《つくば》集』に採録された定家の独吟賦物連歌の作例を引いてみますと、「後鳥羽院の御時、三字中略、四字上下略の連歌に」と詞書があり、

谷深き真柴の扉霧こめて
結ぶ契のあさき世も憂し
夕顔のはかなき宿の露の間に

などの句が並びますが、3字「とびら」の中のびを略すと「とら」、4字「ゆふかほ」の上下、ゆ、ほを略すと「ふか」という言葉が現れるというルールで、続けて出句できなくなると負けになり、罰として殿上から庭へ追放され土下座しなければならぬという（ときには銭を賭けることもあったが）、たわいも無いゲームだったようです。

(11) 本歌取り

後鳥羽院と連歌　その二

晴れの文芸・和歌に対して連歌《れんが》が褻《け》（日常的かつ通俗的）の文芸だという認識であったため、『新古今和歌集』に表向きは連歌のれの字も出てきませんが、ご紹介したとおり後鳥羽院がたいへんな連歌好きで、家臣ともども日夜連歌の鍛練にいそしんだ結果、表向きの和歌の世界にも変革がもたらされました。後世、「新古今風」といわれる新風（達磨歌などと揶揄もされましたが）の、三句切れや二句一章体、体言留めの多用等は、連歌の修辞法とまさしく軌を一にするものでしょう。

当時、新興の御子左家《みこひだりけ》の歌風に学び、『新古今和歌集』の撰進を藤原定家らに勅命した後鳥羽院ですが、定家の父俊成には最大級の敬意を表したものの十八歳年上の定家を院はどうやら嫌いだったようです。院の代表作ともいうべき『新古今和歌集』春歌上収録の歌、

をのこども、詩をつくりて歌に合せ侍りしに、水郷春望といふことを

見渡せば山もとかすむ水無瀬川ゆふべは秋となに思ひけむ　太上天皇（後鳥羽院）

は、『枕草子』以来の「春は曙、秋は夕暮」というお定《き》まりの美意識に異を唱えるばかりでなく、『新古今和歌集』の三夕の歌、

さびしさはその色としもなかりけりまき立つ山の秋の夕暮　寂蓮法師
心なき身にもあはれは知られけり鴫立つ沢の秋の夕暮　西行法師
見わたせば花も紅葉もなかりけり浦の苫屋の秋の夕暮　藤原定家

の、とりわけ定家の歌に対するアンチ・テーゼ提唱を意味していたでしょう。それのみか、承《じょう》久《きゅう》の乱の後、隠岐の島へ流された後鳥羽院が自ら編纂し直した『隠岐本新古今和歌集』から、この定家の代表作をばっさりと削除してしまいます。それでも定家の「花も紅葉もなかりけり」という否定の美学は、後世、千利休の茶道の師武野《たけの》紹鷗《じょうおう》によって再評価され、これこそ侘び茶の理念だと称揚されます。

一方、後鳥羽院の歌は三〇〇年後の室町後期、飯尾宗祇らによる後鳥羽院追善法楽連歌『水《み》無瀬《なせ》三吟』の発句に本歌取りされて、

雪ながら山本かすむ水無瀬かな　宗祇

と詠まれます。さらにその二八〇年後、与謝蕪村らの『菜の花や歌仙』で三浦樗良《ちょら》の脇句にも本歌取りされるなど、後鳥羽院の詩趣と美学は連綿として後世へまで継承されます。

菜の花や月は東に日は西に　蕪村
山もと遠く鷺かすみ行《ゆく》　樗良《ちょら》
渉《わた》し舟酒債《さかて》貧しく春くれて　几董《きとう》
（以下三十三句省略）

蕪村たちの『菜の花や歌仙』での本歌取りについては、その背景を別の機会に詳しくご紹介しますが、先人の詩趣を取り込むいわゆる「本歌取り」は、現代の文芸観からすれば盗作や剽窃呼ばわりされかねない手法ながら、かつてはむしろ、巧みに本歌取りした者の手柄とされました。ただし何の工夫もなく一字一句そっくり真似るなどは「本歌取り」とは言わず剽窃そのものでしょう。元の歌の詩趣を生かしながら、言葉に新しい息吹を与え、新しい詩歌として蘇らせることをこそ本歌取りとよぶべきなのでしょう。現代の詩歌人には疎んじられる方法ですが、本歌取りは、言葉の富を日本語の本流へ繰り返し還元する有効な詩法だと思うのです。

言葉は本来、空気や水や太陽と同じく万人の共有資産で、決して私有化はできない性質のものの筈ですが、現代では、著作権保護の観点から、本歌取りの手法は必要以上に疎外されているようにも思われます。

(12) 水無瀬

阪急電鉄京都線の水無瀬《みなせ》駅近くに鎮座する水無瀬神宮の周辺は、かつて後鳥羽上皇が離宮を造営した風光明媚の地で、名水の里としても知られ、近くにはサントリーウィスキー醸造工場の取水池もあります。神宮境内の湧き水は名水百選の一つで、大阪府下では唯一名水百選に選ばれています。

前回でもご紹介しましたが、水無瀬は『新古今和歌集』の後鳥羽院の代表作の一つ、元久二年(一二〇五年)の詩歌合に出詠された御製、

をのこども、詩をつくりて歌に合せ侍りしに、水郷春望といふことを

見わたせば山もとかすむ水無瀬川ゆふべは秋となに思ひけむ　太上天皇(後鳥羽院)

と詠まれ歌枕ともなった後鳥羽院遺愛の地ですが、およそ二百八十年後の室町後期長享二年(一四八八年)に、連歌師飯尾宗祇が高弟の肖柏、宗長との三人連れで訪れ、後鳥羽院を追慕して張行した『水無瀬三吟』は、百韻連歌の典型としてよく知られます。後鳥羽院を本歌取り

した宗祇の発句を含むその表八句は次のとおりです。

賦何人連歌《ふすなにひとれんが》

雪ながら山もとかすむ夕《ゆふべ》かな　宗祇
行く水とほく梅にほふ里　肖柏
川かぜに一むら柳春みえて　宗長
舟さすおとはしるき明《あけ》がた　祇
月は猶《なほ》霧わたる夜にのこるらん　柏
霜おく野はら秋はくれけり　長
なく虫の心ともなく草かれて　祇
垣ねをとへばあらはなる道　柏

（以下92句省略）

というような展開なのですが、現代連句の式目や去嫌《さりぎらい》の規準からすると、わずか8句の中に「雪」「風」「霧」「霜」と天象に関わる言葉が頻出し、いわゆる「転じ」の理念に背反することと甚だしく、古典に向かってこのような指弾をすること自体大方の叱正を浴びそうですが、必ずしも名作の誉れには相応しくないような難点も多々感じられます。

それはさて措き後鳥羽院の本歌取りとしては、さらに二百八十年後の安永三年（一七七四

年）、与謝蕪村らの「菜の花歌仙」にまで影響が及びます。その表六句は、

菜の花や月は東に日は西に　　　与謝蕪村
　山もと遠く鷺かすみ行《ゆく》　　三浦樗良《ちょら》
渉《わた》し舟酒債《さかて》貧しく春くれて　　高井几董《きとう》
　御国がへとはあらぬそらごと　　村
脇差をこしらへたればはや倦《うみ》し　　良
　蓑着て出《いづ》る雪の明ぼの　　董
（以下30句省略）

となっていて、樗良の脇句に後鳥羽院あるいは飯尾宗祇の本歌取りが顕著です。

詳しくはまたの機会に譲りますが、蕪村の発句にも陶淵明や、『山家鳥虫歌』所収丹後国与謝郡の盆踊唄からの本歌取りが窺えます。

水無瀬神宮のことをもう少しご紹介します。

流謫《るたく》先の隠岐の島で後鳥羽院が崩御されてまもなく院の肖像画を安置した水無瀬御影《みえい》堂が建立され、明治六年に至って官幣中社に列した水無瀬宮として公布、さらに昭和十四年、後鳥羽天皇七百年式年の際、官幣大社水無瀬神宮に昇格改称された由です。由緒深い神宮とあって国宝重文級の文物や建築も多いなか、先年参詣の折に面白いものを見つけました。薬医門《やくいもん》造《づくり》と

水無瀬神宮神門

水無瀬神宮（後鳥羽上皇の水無瀬離宮跡）

いわれる神門の柱に、大盗賊石川五右衛門のものと伝える手形が残されているのです。多芸多才の後鳥羽院は刀剣の鍛造にも自ら関与されたのですが、その神宝の太刀を盗もうと五右衛門が近くの藪に七日七夜潜んだものの、いざ門内に侵入しようとすると足が竦んで一歩も進めない。改心の証しとして手形を押して立ち去ったのだそうです。

（13）戦国武将の連句

室町時代に盛んになった古典芸能等、例えば能狂言、茶の湯、立花《りっか》（いけばな）などと同様に連句（連歌《れんが》）も、この時期、最初の最盛期を迎えます。応仁の乱などで都が荒廃し、公家衆の後ろ盾を失った連歌師や茶人、能楽師たちが、有力な地方大名を頼って疎開し、中央の文化が全国に拡散したという事情もありますが、戦闘に明け暮れた武将たちが、本心では真摯に平和を望んでいたためでしょう。例えば、主家の細川家を滅ぼし、織田信長上洛以前の畿内を制覇して、下剋上の張本人のように言われる三好長慶《ながよし》は、茶の湯と連歌に通暁するたいへんな文化人で、茶会や連歌興行の記録を多く残しました。悪評甚だしい三好長慶ですが、同郷人（阿波国、現在の徳島県）のよしみもあり、私はこの人の文才を高く評価しています。長慶の茶の湯の師は武野紹鷗《じょうおう》、つまり長慶は千利休の兄弟弟子《でし》にもあたり、むろん利休とも昵懇でした。長慶の姉か妹に当たる女人が利休夫人であったとも言われます。

弘治三年（一五五七年）、居城の高槻芥川城へ当代随一の連歌師里村紹巴《じょうは》を招いて長慶が催した百韻連歌の表八句を例示します。

芥川賦初何百韻《ふすはつなに》

山芝に夕日そよめく時雨哉　宗養

冬も雄鹿の行き帰る道　長慶

虫の声のこらぬ秋やさそふらん　冬康

色に吹く野のあらし寒けし　紹巴

澄みのぼる月の遠方《をちかた》霧晴れて　為清

鐘のひびきも小夜更けぬめり　行充

船をあし波の入江の一村《ひとむら》に　玄哉

あし辺の雁や立ちわかるらん　淳世

（以下九十二句省略）

タイトルの「初何」とは賦物《ふしもの》の下賦《したふ》で、発句の何々という言葉（この場合は「時雨」）の上に「初」を、すなわち「初時雨」という熟語を隠したというほどの意味です。有心派の連歌は外来語の漢語を嫌うので、例えば7句目の「一村」も「いっそん」とは読まず、大和言葉で「ひとむら」と訓《よ》ませます。

戦国武将の連句は、以前に武田信玄の和漢連句を紹介しましたが、ほかにも黒田官兵衛（如水）、細川藤孝（幽斎）と忠興《ただおき》（三斎）父子、蜂須賀家政（蓬庵）と至鎮《よししげ》父子、小早川隆景、明智光秀といった名だたる武将たちがこぞって連歌や茶の湯を堪能しました。豊臣秀吉が嫡子秀頼の元服を祝って詠んだ和歌「世をしれと引ぞ合《あは》する初春の松もみどりの住吉の神」を発句

三好長慶肖像

池田高校校歌作詞者、詩人合田曠氏

と脇句に見做して第三句から起こし（「第三起《おこ》し」という）、家臣たちが後を続けた百韻連歌の記録なども残されています。武将たちは、祝事や戦勝祈願のための連歌を神社仏閣に奉納したようです。その好例は、天正十年（一五八二年）五月、本能寺の変の直前に明智光秀がクーデターの成功を祈願して愛宕山威徳院に奉納した「愛宕《あたご》百韻」でしょう。戦国時代の大河ドラマなどに必ずと言ってよいほど出てくる光秀の「愛宕百韻」については次回に詳述するとして、さして面白くもない冗談を一つ付け加えておきます。

私の郷里徳島県は、近畿経済圏に近過ぎてスポイルされるせいか、お隣りの高知県や愛媛県に比べても古来、あまり偉人が出ません。それでも徳島県人が全国に覇を唱えた事が三度あります。一つ目は前述の三好長慶。織田信長が進出するまでの畿内に、政治、経済、文化面で君臨しました。次は一九七四年、徳島県選出の代議士三木武夫が総理大臣に就任したこと。三つ目は私の母校でもある徳島県立池田高校野球部が、蔦文也監督に率いられ甲子園で全国制覇を遂げたこと。甲子園で何度も歌われた♬東雲《しののめ》の上野が丘に花巡り…、という池高校歌（合田曠作詞）は全国に知れ渡ったのでした。

(14) 愛宕百韻

戦国時代のドラマなどで、明智光秀が主君織田信長を弑《しい》した本能寺の変の直前に、京都と光秀の居城亀岡の中間にあたる愛宕《あたご》山で催した連歌の会のシーンは、よく描かれます。しかし、せいぜい光秀が短冊を手に発句を詠むワン・カットが出てくる程度で、連歌張行の場面が描かれることは一向にありません。

前回にもご紹介しましたが、当時連歌は、茶の湯とともに最も有効な政治的経済的社交手段として、大名や公家あるいは僧侶、商人など知識人の間でもてはやされていました。

本能寺の変は天正十年（一五八二年）陰暦六月二日に勃発していますが、それに先立つ五月二十四日、明智光秀は子息の十兵衛光慶《よし》と家臣の東六郎兵衛行澄《ゆきずみ》の二人だけを従えて、ごく隠密裡に京都の愛宕山へ参詣し、当代随一の連歌師里村紹巴《じょうは》とその一門を招いた連歌会を催しました。「愛宕百韻」とよばれるその表八句は次のような運びです。

賦何人連歌《ふすなにひとれんが》

ときは今天《あま》が下しる五月《さつき》哉　光秀

水上《みなかみ》まさる庭の夏山　行祐《ぎょうゆう》

花落つる池の流れをせきとめて　紹巴

風に霞を吹きおくるくれ　宥源《ゆうげん》

春も猶《なほ》鐘のひびきや冴えぬらん　昌叱《しょうしつ》

かたしく袖は有明の霜　心前

うらがれになりぬる草の枕して　兼如《けんにょ》

聞きなれにたる野辺の松虫　行澄

（以下九十二句省略）

当時中国戦線で毛利と対峙していた羽柴秀吉の後衛を命じられた光秀が、表向き毛利討伐の戦勝を祈願して奉納された連歌なのですが、光秀発句の「賦何人」と連歌を指導した里村紹巴の存在に注目すべきかと思われます。

まず「人」は何という言葉の下に賦されたか。普通には「天」の下に付いて「天人《あまびと》」という熟語が隠されたと解するでしょうが、もしも隠された言葉が「天が下」に「人」の付いた「天下人」であるならば大いに意味が変わります。しかも「とき」は光秀の出自「土岐《とき》氏」を掛けているので、主君織田信長に代わって十岐＝明智が天下人となることを世に「知ろしめす」クーデター宣言に間違いなさそうです。「賦何人」の意味を熟知する連歌人にならただちに理解されることで、事実、同座した里村紹巴は、後日、謀反を事前に知っていたのではないかと糾弾されるのですが、自分が関与したとき、光秀の発句は「天が下しる」ではなく「天が下なる」だったと言い逃れます。

ここからは私の空想（妄想？）ですが、かつて三好長慶《ながよし》の連歌会にも同座したように、紹巴は各大名家に広く出入りしていて、とりわけ連歌が大好きだった黒田官兵衛（如水）とは格別親しかったと考えられます。羽柴秀吉の参謀だった官兵衛には「愛宕百韻」の内容を逸早《いちはや》く知らせていたのではないかと私は推理します。だからこそ、歴史の謎とされる秀吉の「中国の大返し」も可能だったし、紹巴自身の免罪符にもなり得たのではないでしょうか。さらに空想を逞しくすると、本能寺の変の当時、堺の妙国寺に宿営していた徳川家康にも情報がもたらされていたかも知れません。それというのも、里村紹巴はいっさいお咎めなく関ケ原の合戦の後までも存《なが》らえるのですが、それればかりか、里村家は徳川将軍家の連歌指南役として、剣術の柳生家同様、幕末までその繁栄が続くからです。

歴史家や時代小説作家たちが、もっともっと、連句（連歌俳諧）の世界に注目すれば、歴史そのものが大きく書き替えられる可能性も否定できないと思われてなりません。

⒂　宗祇水

飯尾宗祇《そうぎ》らの「水無瀬《みなせ》三吟」を話題にした際に、水無瀬神宮境内の湧き水が大阪府下で唯一名水百選に選ばれているとご紹介しましたが、名水百選の第一号は、これも飯尾宗祇に縁の深い岐阜県郡上八幡《ぐじょうはちまん》の「宗祇水《そうぎすい》」です。

室町時代後期、郡上八幡に居城を構えた歌人大名の東常縁《とうのつねより》に始まる「古今伝授《こきんでんじゅ》」の継承を懇請して、飯尾宗祇が湧き水のほとりに長く逗留したのが宗祇水の由来だそうです。

「古今伝授」とは、『古今和歌集』に詠まれた言葉の内、三鳥（呼子鳥《よぶこどり》、稲負鳥《いなおおせどり》、百千鳥）や三木三草（おがたまの木、河骨《こうほね》ほか）に関する秘説について、特定の個人に口伝するもので、宗祇の懇望は叶えられ、首尾よく東常縁から口伝を受け、その後は、三條西実隆を経て細川幽斎へ、あるいは宗祇の高弟牡丹花肖柏などへ伝えられます。後世、関ケ原合戦の前夜に、細川忠興（細川ガラシャの夫）の居城が石田三成軍に包囲されたとき、細川家に伝わる古今伝授を絶やしてはならないという理由により、朝廷から停戦命令が出されたほどに権威のあるものとされたようです。

飯尾宗祇は連歌指南のため諸国を遍歴し、三條西実隆に古今伝授を伝え終えた次の年、文亀二年（一五〇二年）八十二歳で箱根に客死しますが、富士山を臨む土地に埋葬してほしいという遺言により、駿河国裾野（現・静岡県裾野市）の定輪寺《じょうりん》に葬られます。

平成十二年（二〇〇〇年）宗祇の五百年祭が裾野市で盛大に修された際、全国から奉納連句が募集されました。幸運なことに私たち神戸・海市の会の歌仙「運河の巻」が宗祇法師大賞に選ばれ、墨書額装の上、宗祇の菩提寺定輪寺へ奉納、今も本堂脇に掲示されています。

「水無瀬三吟」や有馬温泉を舞台に巻かれた「湯山《ゆのやま》三吟」など、宗祇の時代の連句形式はもっぱら百韻であった筈なのに、なぜか歌仙形式での募吟とあって、大賞に推挙されたもののいささか合点がいかず、表彰式当日に、別途制作した百韻形式の作品「離宮の巻」を持参して菩提寺へ共に奉納したことでした。

もう一つ問題意識をもった点は、宗祇の連歌がいわゆる有心《うしん》連歌で、俳語や外来語の漢語を用いることは忌避された筈なのに、五百年祭の募吟が俳諧之連歌（歌仙形式）でなされたことです。かつて芭蕉や蕪村が漢詩に影響を受け、外来語の漢語を修辞のツールとして愛用したと同じように、現代の外来語であるカタカナ語は、現代の俳語としてむしろ積極的に連句の修辞に取り入れられて然《しか》るべきであろうと私などは考えます。
宗祇法師大賞を受賞した「運河の巻」の、例えば表六句を振り返ってみますと、

運河（歌仙）　―中国・蘇州にて発句

水寂びて秋深みゆく運河かな　永田圭介
夜長の供に笛の小夜曲　三木英治
抒情詩の檸檬《レモン》色なす月影に　鈴木　漠
予《かね》て秘蔵の葡萄酒《ワイン》味ふ　梅村光明
ダンディは遺伝だ、などと戯《たはむ》れし　英
炉端談義もモボ、モガの果　圭

（裏以下三十句省略）

などと外来語（カタカナ語）を多用するにも拘《かかわ》らず大賞に推されたについては、当時の銓衡委員諸氏の英断があったかと推測されます。
宗祇水に話を戻しますと、毎年の夏、「♬七両三分の、春駒、春駒…」で知られる郡上踊りの時期に併せて「連句フェスタ宗祇水」と銘打つイヴェントが催されます。全国の俳諧人が一座して首尾した歌仙を宗祇水に奉納し、板に墨書された作品を一年間、泉のほとりに掲示しま

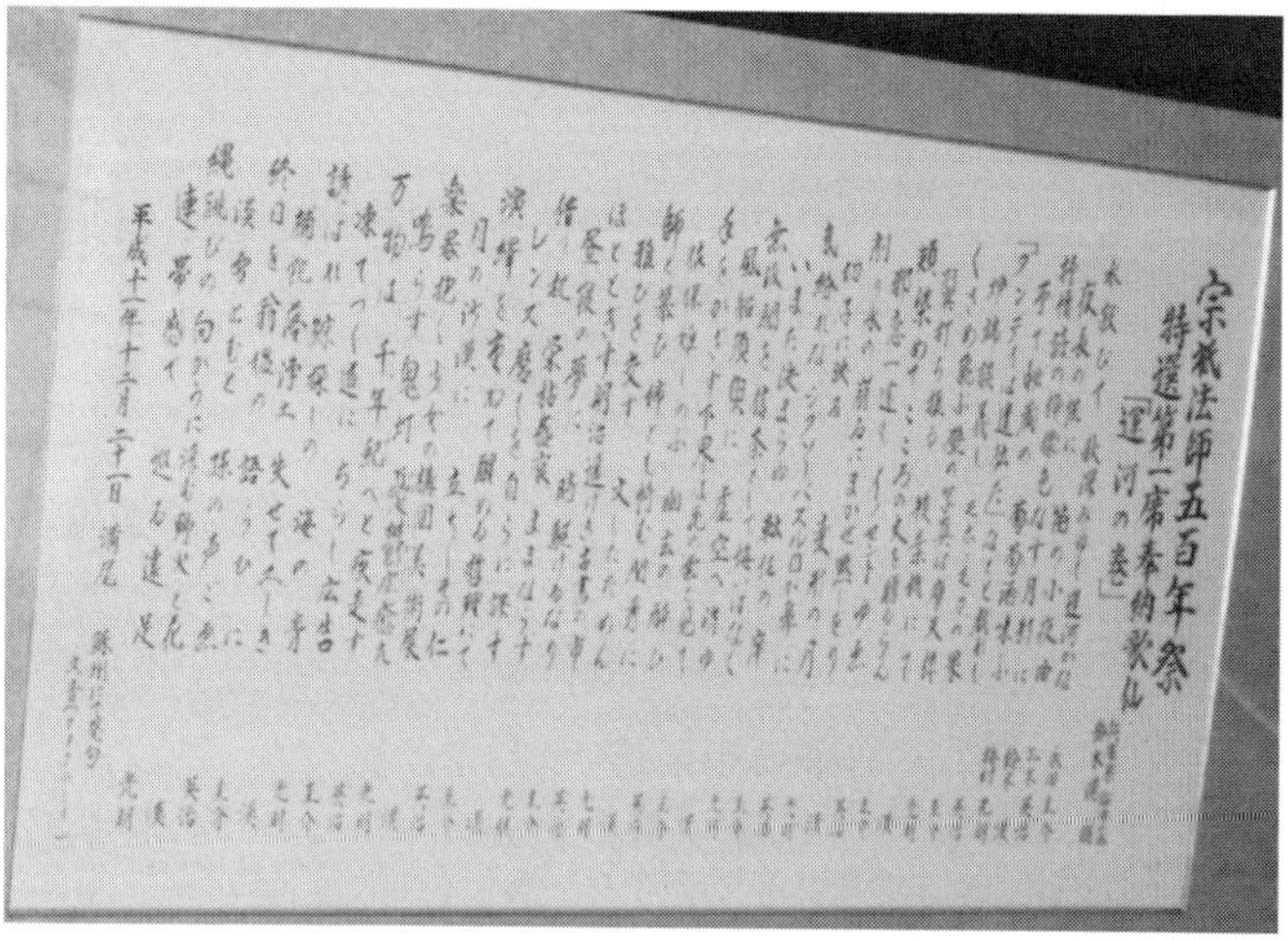

宗祇法師大賞「運河の巻」（裾野定輪寺奉納）

す。観光がてら、ぜひ「連句フェスタ宗祇水」にも参加してみて下さい。

⒃ 俳諧、俳句、俳優

中世の連句（連歌《れんが》）はご紹介してきたとおり、雅《みやび》やもののあわれを詩趣とし、修辞には大和言葉を重んじるというふうに、和歌とともにいわゆる王朝文化の余波《なごり》をとどめる文芸でしたが、政治経済の中心が貴族社会から武家社会や町人社会へシフトするにつれ、有心《うしん》連歌とは異《こと》なる、諧謔風刺あるいは生活感覚を主題とする無心連歌が抬頭してくるのも歴史の必然だったといえます。無心連歌がさらに発展して、俳語として敬遠された外来語の漢語などもむしろ積極的に用いる「俳諧之連歌」が興り、山崎宗鑑、荒木田守武、松永貞徳などを祖とする流派が盛んになって、後世の松尾芭蕉や与謝蕪村へと橋渡しします。

「俳諧」という言葉自体が「おどけ」「戯《たわむ》れ」「滑稽」などの意味をあらわしますが、古くは『古今和歌集』巻十九にも既に「誹諧哥（俳諧歌）」という部立てがあり、例えば、

山吹の花色衣ぬしや誰《た》れ問へどこたへずくちなしにして　素性法師

われを思ふ人を思はぬ報ひにや我思《わが》ふ人の我《われ》を思はぬ　読人しらず

などの機知や諧謔に富む和歌が分類され、多数収録されています。

堂上人の有心連歌に対する地下人《ぢげ》らの無心連歌が俳諧之連歌（略して「俳諧」）に発展するわけですが、明治期、正岡子規の俳諧革新に伴って俳諧の発句（第一句）のみが子規の命名になる「俳句」として独立し、有季定型という連句の定《き》まりを温存しつつ、今日の隆盛に繋がります。俳句という言葉も俳諧と同じく「おどけた句」を意味するでしょう。一方、連句の平句《ひら》も、連句の一種である「前句付《まえくづけ》」の盛行を経て「川柳」として現在に至ります。「俳諧」の原義を最もよく継承するのは、俳句よりもむしろ川柳の方でしょうか。そのあたりの事情については、また別の機会に詳しくご紹介したいと思います。

話は変わりますが、「俳優」の語義を辞書にあたってみますと、第一義には「滑稽なしぐさで神や人の心を和《なご》ましめる者、わざおぎ」とあります。シェークスピア劇の道化や能楽の狂言方いわゆる喜劇役者が、俳優の原点だったことがうかがわれます。

私が子供だった頃、和製チャプリンといわれて一世を風靡したコメディアンに、エノケンこと榎本健一がいました。親に連れられて観た「エノケンの土俵入り」というモノクロ映画が記憶に鮮明に残っています。小兵のエノケンが土俵いっぱいに走り回り、目のくらんだ巨漢の関取を倒すナンセンス・ギャグは、まさしくチャプリン映画のコピーでした。一方で、エノケン

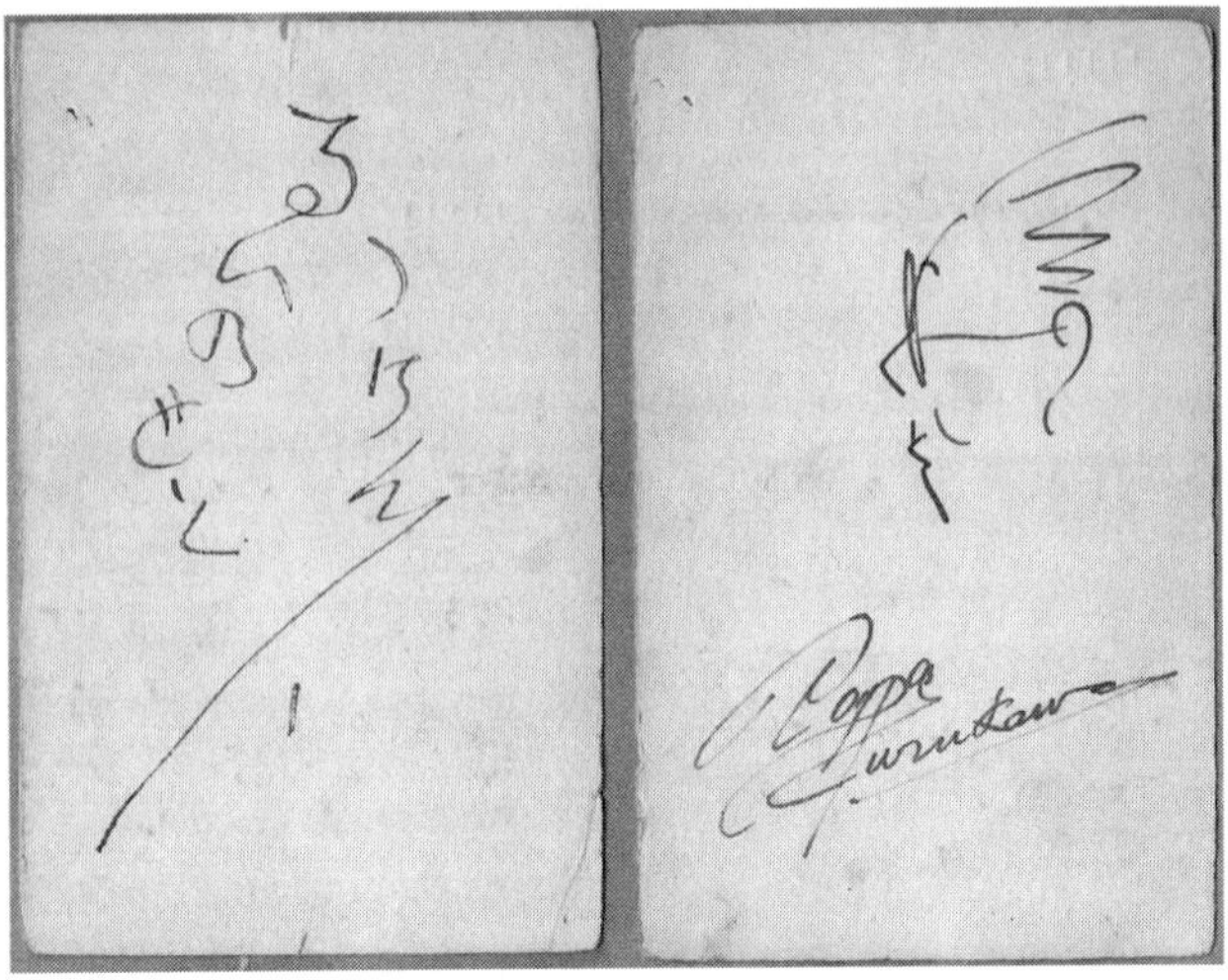

エノケンとロッパのサイン。左、エノケン。右、ロッパ

と同時代に活躍したロッパこと古川緑波は、声帯模写（ものまね芸）を得意とし、エノケンとは対照的にもの静かな話芸で喜劇界の紳士といわれた知性派の役者でした。片田舎の中学生だった私は、映画やラヂオを介してこの二人の大ファンとなり、ファン・レター攻勢をかけて、とうとう二人の直筆サインを手に入れてしまいました。今も手許に残るサインのコピーを御覧に供します。

両方とも自画像入りですが、エノケンのものは、サイン自体が自分の似顔絵になっています。先年、東京両国の博物館で催されていた「エノケン回顧展」を覗いてみたところ、同じようなサインが出品展示されていました。

(17) 時雨の美学

陰暦十月十二日は、よく知られるとおり松尾芭蕉の命日。芭蕉生誕地の伊賀上野や墓所のある近江膳所《ぜぜ》・義仲寺など芭蕉ゆかりの各地で芭蕉忌が執り行われます。芭蕉忌を時雨《しぐれ》忌とも称《よ》びますが、芭蕉が大坂・御堂筋の花屋に客死したのがちょうど時雨の季節だったこともさることながら、漂泊の詩人芭蕉が時雨について格別の美意識を、終生持ち続けたからでもあるでしょう。

芭蕉の俳諧が最も円熟したころの『猿蓑』巻之一は、巻頭から冬の部立で、時雨の発句が並べられています。

冬

初しぐれ猿も小簑をほしげ也　　芭蕉

あれ聞けと時雨来る夜の鐘の声　其角
時雨きや並びかねたる魦《いさご》ぶね　千那
（以下略）

幸田露伴『芭蕉七部集評釈』の『猿蓑』を論じた冒頭に、露伴は次のように解説します。

集の巻一に冬の句を出したる、おもしろし。代々の和歌撰集には、春をこそ巻首には出したれ、それを古例にかかはらずして、此頃の此句のふりを中心にして成りたる集のはじめに、初時雨をさつと降らせたる、いかにも俳諧の新味なり。

『古今和歌集』以来、勅撰集などアンソロジーの部立ては「春」から始まるのが定石なのに、『猿蓑』は意表をついて巻頭に冬の部をおき、さすがに俳諧の新機軸を打ち出して面白い、と言っているのです。時雨は、草木枯れて満目蕭条とした山野に降りみ降らずみの雨のことですが、花や紅葉の対極にある物寂しさの象徴として、日本人の美意識の一面を形づくってきたといえます。とりわけ時雨を好んだ芭蕉には、

「手づから雨の侘笠をはりて」という詞書《ことばがき》を添えた、

世にふるもさらに宗祇のしぐれ哉
（「泊船集」）

という句もあります。もちろん飯尾宗祇の

世にふるはさらに時雨のやどり哉

（『新撰菟玖波集』）

を本歌取りしたもの。さらに宗祇の句は、

世にふるは苦しきものを槇の屋にやすくもすぐる初時雨哉　　二条院讃岐

（『新古今和歌集』）

などを踏まえたものです。「世にふる」の、「ふる」は「経《ふ》る」と「降る」の掛言葉です。

かくのごとく「時雨」は「侘び」の美意識の定番として継承されますが、芭蕉の高弟宝井其角の場合ともなるといささか趣が異なって、単純に侘び寂びの世界とのみは言いきれないようです。前述『猿蓑』冬の部の、

あれ聞けと時雨来る夜の鐘の声　　其角

という句、「あれ聞け」とは、いったい誰に呼び掛けた言葉でしょう。私には、冬の夜ふけ、妓楼で添い寝する女性と語り合う其角の伊達男《ダンディ》ぶりが目に浮かんでなりません。

芭蕉の没後、通俗化に傾斜した俳諧の世界を批判して「芭蕉に帰れ」と文芸復興を推進したのは与謝蕪村ですが、蕪村自身の句風や思考様式は蕪村が敬慕した芭蕉よりもむしろ其角に似通っていて、時雨の美意識にしても、

老《おい》が恋忘れんとすればしぐれかな　蕪村

などの句を詠んでいます。さらに右の句についても蕪村自らが「時雨といえば世上侘び寂びの叙景句のみが多いが、自分はあえて趣を違《たが》えて人情句それも恋句に仕立ててみた。」と書簡で説明しています。なおかつその背景にはやはり『新古今和歌集』巻十一恋歌の部、

わが恋は松をしぐれの染めかねて真葛が原に風騒ぐなり　慈圓

などが本歌取りされているようです。

(18) 俳諧とジャポニスム

十九世紀末から二十世紀初頭へかけて、フランスの印象派画家たちに日本の浮世絵が影響を与えたいわゆるジャポニスム興隆のきっかけは、江戸時代中期以降、わが国で大量に印刷された浮世絵の和紙が、主力の輸出品であった陶磁器の梱包に使われてヨーロッパに渡り注目されたから、というのが美術史の定説になっているようです。だとすると同じ江戸期、やはり大量に印刷出版された俳諧本、とりわけ俳諧の一種である前句付《まえくづけ》の刷り物など（例えば、柄井川《からいせん》柳《りゅう》一世から五世までの選で呉陵軒可有《ごりょうけんあるべし》等が編集にあたった『誹風柳多留《はいふうやなぎだる》』は、167巻もの多くが刊行されています。）も、同じようなルートでヨーロッパの人士の眼にふれた筈で、俳諧などの短詩形が浮世絵同様、文芸の分野でも、いわゆるジャポニスムを興していた可能性がありはしないでしょうか。印象派の絵とほぼ同時代に書かれたジャン・コクトーやマックス・ジャコブの短詩などを眼にすると、さもありなんと思われてきます。堀口大學の翻訳詩集『月下の一群』から二、三の例を見てみましょう。

「耳」　　　　ジャン・コクトー
私の耳は貝のから
海の響をなつかしむ

「イニシアル」　レイモン・ラディゲ
砂の上に僕等のやうに
抱《いだ》き合つてるイニシアル、
このはかない紋章より先に
僕等の戀が消えませう。

「地平線」　　マックス・ジャコブ
彼女の白い腕が
私の地平線のすべてでした。

さらにドイツ語圏の詩人リルケにいたっては、より明白に俳諧の影響が表れています。まさしく「俳諧」と題する三行詩が書かれているのです。

「俳諧」　　ライナー・M・リルケ

実を結ぶのは花を咲かせるより難しい、
だが、それは言葉の樹ではなく――
愛の樹のこと。

高安国世・訳

リルケの墓碑銘もまた遺言で、リルケ自身の三行詩が刻まれています。

薔薇　おお　純粋な矛盾　よろこびよ
このようにおびただしい瞼の奥で
なにびとの眠りでもない

富士川英郎・訳

一方で、松尾芭蕉の句風（いわゆる蕉風）にも大きな影響を与えた談林俳諧の理論書ともいうべき『引導集』(貞享元年刊、中村西国撰)に、「山に鹿をとり合はするには何の工《たくみ》かあらん。峯の花の浪には、あしか鯨をおよがせてこそ、句妙とも云ひつべし。」とありますが、これなど、二十世紀初頭のヨーロッパに興ったシュルレアリスムの異物衝突の理論、例えばロートレアモンの「解剖台の上の、ミシンと蝙蝠傘の出会い」(『マルドロールの歌』)などと同工異曲の趣です。

二十世紀初頭ヨーロッパのシュルレアリスムと十七世紀談林俳諧との間に、直接間接にもせよ影響があったとも考え難いのですが、西欧のシュルレアリスム運動のおよそ二〇〇年も前に、わが国江戸期の談林俳諧が同じような発想の修辞論を展開していたとは、愉快このうえもありません。

(19) 矢数俳諧

井原西鶴の連句

『好色一代男』や『世間胸算用』などの浮世草子作家として大成する井原西鶴（1642〜1693）ですが、本来は連句（俳諧）作家でした。松尾芭蕉より二歳年上で、没年は芭蕉よりわずか一年早く、西鶴は、芭蕉と全くの同時代人です。しかも芭蕉が私淑して最も影響を受けた談林派の宗匠西山宗因《そういん》を、西鶴は直接の師としています。芭蕉が「野ざらし紀行」や「笈《おひ》の小文」「おくのほそ道」など各地に連衆を求めて行脚《あんぎゃ》を重ね、対話（ダイアローグ）する詩としての俳諧の理念を生涯貫いたのに対して、天才西鶴の場合は、対話の相手をほとんど必要とせず、独吟（独白＝モノローグ）に徹します。その意味では西鶴は、近代的自我の文芸を先取りしていたと言えなくもありません。同じ西山宗因の影響を受けながら、西鶴と芭蕉は、正反対の道を辿ります。

西鶴三十四歳のとき、二十五歳の夫人が三人の幼児を遺して病没します。その初七日に、亡妻追善のための俳諧興行を大坂上町の菩提寺・誓願寺で催し、一日千句独吟つまり百韻十巻を独りで首尾しました。京都三十三間堂の通し矢（大矢数）行事に倣い、短時間に多くの句を詠むイヴェントを「矢数俳諧」と称《よ》びますが、西鶴以後矢数俳諧がブームになります。また新風の談林派を「阿蘭陀《オランダ》流」などと貶《けな》した貞門派が万句合《あわせ》に失敗したことを受けて、大坂の生国《いくくに》魂《たま》神社を舞台に談林派のみで「生玉萬句《いくたままんく》」を成功させます。西鶴（当時は鶴永《かくえい》と号した）自らが書いた「生玉萬句」序文の一節は次のようにすこぶる昂《たか》ぶったものです。

　或《ある》ひと問ふ。何とて世の風俗《ならはし》を離れた俳諧を好まるるや、答て曰《いは》く、世こぞって濁れり、我ひとり清《すめ》り、何としてかその汁を啜り、その糟《かす》をなめんや、（中略）酔のあまり賎《やつがれ》も狂句を吐けば、世人阿蘭陀《オランダ》流などさみして、かの万句の数にも除かれぬ。されども生玉《いくたま》の御神前にて一流の万句を催し、すきの輩《やから》出座その数をしらず、十二日にしてこと畢《をは》れり。指さして嘲る方の、興行へ当る所にして其の功ならずと聞きしは、予がひが耳にや、とも言へかくも言《ゆ》へ。即座の興を催し髭をとこをも和《やは》げるは此道《このみち》なれば、数寄《すき》には、軽口の句作、そしらば謗《そし》れわんざくれ（えぇ、ままよ）、雀の千こゑ鶴の一声と、自ら筆を取《とり》て斯《か》くばかり。

対立する貞門派が万句合に失敗した（一万句に届かなかった）と聞くが、日頃阿蘭陀流などと誇示《そし》られる我々談林派は立派に万句合を達成したぞ、と誇示しているわけです。

西鶴の矢数俳諧興行はたびたび繰り返され、ギネス・ブック級の記録としては住吉神社を舞台に、一昼夜に二万三千五百句が詠まれたそうです。執筆《しゅひつ》（記録係）を侍らせて立て続けに詠むわけですが、あまりの速さに書き留める暇《いとま》がなく、詠んだ証しに墨の棒線を一本引くのが精一杯だったと伝えられます。

『生玉萬句』序文などを読むと西鶴のパフォーマンスは、貞門派など他派への示威運動《デモンストレーション》だったと見られがちですが、実は、談林派同門の中で自らを誇示し、師西山宗因の後継者の位置を確実にする狙いがあったようです。談林派には、俳論『近来俳諧風躰抄《ふうていしょう》』等を著《あらわ》した岡西惟《い》中《ちゅう》という優秀な学者俳人の兄弟子がいて、周囲からは当然のように宗因の後継者と見做されていました。西鶴の途方もないパフォーマンスに呆れ果てた惟中は、西鶴と袂を分かって大坂を去り、郷里の鳥取へ引籠ってしまいました。西鶴もその後は浮世草子作家に転じ、談林派は自然消滅します。

西鶴の墓は前述の誓願寺に現存しますが、夫人の墓と過去帳は行方知れぬままの由です。

⒇ 付句三変

芭蕉の連句 その一

貞門俳諧や談林俳諧から脱皮して蕉風（正風とも）に開眼し、連句の文学性、精神性を高めて俳聖と仰がれた松尾芭蕉も、最初から芭蕉だったわけではありません。松尾宗房と名乗った若い頃、伊賀藤堂《とうどう》藩の分家藤堂新七郎蟬吟《せんぎん》の近習として仕え、主君の蟬吟ともども、松永貞徳門の学者歌人北村季吟《きぎん》に俳諧を学んだ時期の作風は、いわゆる貞門俳諧にどっぷりと漬かっていたようです。主君が夭折した後、藩を致仕して江戸に下向した頃、貞門俳諧の通俗ぶりを批判して盛んになりつつあった談林派の、わけても西山宗因《そういん》を知って大いに感化を受け、談林俳諧から百尺竿頭一歩を進めて、いわゆる蕉風にめざめたのでした。その間の事情を、芭蕉自身が次のように回顧したことが『去来抄』に記録されています。

先師曰く、発句はむかしより様々かはり侍れど、付句は三変なり。昔（貞門俳諧のころ）

は付物を専《もっぱ》らとす、中頃（談林俳諧のころ）は心の付けを専らとす、今（蕉風の現在）は移り・響き・匂ひ・位を以て付けるをよしとす。

芭蕉自身の若い頃、貞門に身を置いた時期は、例えば次のような付合、

　する殺生も止むはうら盆　　蟬吟
竹弓も今は卒塔婆に引替て　　宗房

に見られるように、前句の「殺生」から「竹弓」を、「うら盆」から「卒塔婆」をと、前句の言葉から直接的に連想される言葉を用いた付句がなされました。このような修辞法を貞門の「物付《ものづけ》」（べた付け）といいました。駄洒落や地口を多く用い俗受けを狙うかのような貞門俳諧を批判した談林派・西山宗因らの句風、前句の心を汲み取った付句をこころみる「心付《こころづけ》」という修辞法に、芭蕉は大いなる啓示を受けます。『去来抄』はまた、次のような芭蕉の述懐をも記録しています。

先師はじめて俳諧の本体を見付け、不易の句を立て、また風は時々変ある事を知り、流行

の句変ある事を分かち教へたまふ。しかれども先師常に曰く、上に宗因なくんば我々が俳諧、今以て貞徳の涎《よだれ》をねぶるべし。宗因は此の道の中興開山也といへり。

芭蕉の言う「不易流行」ですが、不易は詩の基本たる永遠性、流行は折々の新風。共に詩の真実（芭蕉の言葉では「風雅の誠」）に出るので根本において一つのものだと説きます。

それにつけても芭蕉の言う「匂付け」（俤付《おもかげづけ》ともいう）とは果たしてどういうものか。これも『去来抄』に若干の説明がなされます。

昔（貞門の時代）は多く其事を直《ぢか》に付けたり。それを俤《おもかげ》にて付ける。たとへば、

艸庵《さうあん》に暫く居ては打やぶり　　はせを

いのち嬉しき撰集のさた　　去来

初は、和歌の奥義をしらず候《さうらふ》と付けたり。先師曰く、前句を西行・能因の境涯と見たるはよし。されど直《ぢか》に西行と付けんは手づつ（拙劣）ならん。ただ俤にて付くべしと直し給ひぬ。

芭蕉は、前句の草庵を捨てて出た人物を西行か能因と解釈したのは良いが、史書などに見られる将軍源頼朝と西行法師の鎌倉での対面の場面の連想から直接的に西行を出すのは、連句の付

けとしてはいかにも拙劣だ、西行を面影とするような付句ならば連想の幅が広がり次の付句の選択肢も多くなると教えて「いのち嬉しき撰集の沙汰」と添削したのですが、直したことによって西行や能因ばかりでなく、例えば『平家物語』「忠度《ただのり》都落ちの事」の、『千載和歌集』の撰に当たっていた藤原俊成と戦場を離れて訪ねた平忠度との、感動的な師弟別離の場面などにまで連想が広がります。

㉑ 鶯と蛙

芭蕉の連句 その二

松尾芭蕉の俳句（発句）といえば、誰しもがまず思い浮かべるのは、

古池や蛙《かはづ》飛びこむ水のおと　芭蕉

でしょう。この句についての注釈は古来かまびすしく、やれ侘び寂びの境地を表すだとか、やれ蛙は単数か複数か、などと侃々諤々《かんかんがくがく》の趣ですが、この句の本質は、けっしてそんなところにあるのではなく、この句こそ芭蕉の説く不易流行を象徴するものと考えます。「不易流行」について芭蕉は、不易とは詩歌に備わるべき永遠性、流行は折々の時代の新風。いずれも詩の真実（芭蕉の言葉を借りるならば「風雅の誠」）に由来するものだから、根源においては一つのものだ、と言うのです。

「古池や…」の句を案じた時、芭蕉が上五を考えあぐねていると、傍らに居た高弟の宝井其角が「山吹や」としては如何かと提言しますが、芭蕉はそれを退けて「古池や」と治定《ちじょう》したと伝えられます。「山吹や…」はいかにも其角らしい色彩感覚に富む修辞でしょうが、この句については百万言を費やさずとも芭蕉自身の解説があるのです。『三冊子《さんぞうし》』に、

花に鳴く鶯も、餅に糞する縁の先と、まだ正月もをかしきこの比《ころ》を見とめ、又、水に住む蛙も、古池にとび込む水の音といひはなして、草にあれたる中より蛙のはいる響《ひびき》に、俳諧を聞き付けたり。（傍点筆者）

とあります。つまり芭蕉は『古今和歌集』の、有名な「仮名序」を念頭においていたのです。『古今和歌集』の、よく知られる仮名序の一節に、

花になくうぐひす、水にすむかはづのこゑをきけば、いきとしいけるもの、いづれかうたをよまざりける。ちからをいれずして、あめつちをうごかし、めに見えぬおに神をもあはれとおもはせ、おとこをむなのなかをもやはらげ、たけきもののふの心をも、なぐさむるはうたなり。（以下略）

とあるように、花に鳴く鶯と水に棲《す》む蛙（この場合の「蛙《かはづ》」とは、清流に棲み美しい声で鳴く河鹿《かじか》蛙のことです。）こそは、雅《みやび》なものの代表、日本人の美意識の象徴でもあるわけで、就中《なかんづく》、芭蕉にとっても不易なるもの（永遠に変わらない美意識）の一つであったでしょう。

それらを例えば、前述の芭蕉自身の解説にいう、

鶯や餅に糞する縁の先　（「泊船集」）
古池や蛙飛《かはづとび》こむ水のおと　（「春の日」）

などの句に見られるとおり、雅の象徴である鶯と河鹿蛙を、餅に糞をする鶯とか、清流ではなく身近な溜め池に飛び込む青蛙のたぐいといった卑近なもの、すなわち雅（不易）を滑稽（俳諧＝流行）に置き換えることを意図したものです。其角提案の「山吹や…」では俳諧への転じが不十分と判断したのでしょう。

ちなみに鶯の糞は、当時の女性たちに愛用された美白化粧品だったそうですから、芭蕉独特の軽みや諧謔のなかにも、低俗に堕することなく奥ゆかしさや風雅の気分は、ちゃんと保たれていたわけです。

なお、「古池や…」の句については、『芭蕉七部集』の一つ『春の日』に収録されていますが、『春の日』は芭蕉の高弟尾張の山本荷兮《かけい》が、先行する『冬の日』の大評判に気を良くして、ほとんど勇み足状態で刊行したものらしく、「芭蕉七部集」の一つとは言いながら、芭蕉自身の句は「古池や…」の句を含めてわずか三句が収録されるのみです。

（22）対話する詩　芭蕉の連句　その三

連句という文芸を考える上で、連句に三つの要因があると、つねづね考えています。

その一、連句は対話する詩である。
その二、連句は変化する詩である。
その三、連句は虚構の詩である。

明治期に俳諧の革新をめざした正岡子規は、右の連句の三つの要因すべてを、間接的にではありますが、おおむね否定しました。子規はまず発句だけを文学として認め、脇句以下の対話（付合）を「文学に非ず」と否定。変化についても、連句は脈絡なく変化を繰り返すので文学の要素を欠くと論断しましたし、さらに虚構ではなく写生主義を提唱しました。たしかに発句のみを考えると、子規の言わんとすることが当てはまらないでもありません。しかし、明治二十六年にいわゆる「連俳非文学論」を提唱した子規もその晩年には連句擁護に歩み寄ります。詳くは別の機会に譲るとして、松尾芭蕉は逆に、前述の連句の三つの要因を重んじた詩人です。同時代人の井原西鶴が対話を拒否するかのように矢数俳諧の独吟を専《もっぱ》らとしたのに比べて、芭蕉は生涯、対話の相手を求めて各地を遍歴します。「おくのほそ道」をはじめ芭蕉の紀行文をよく読むと、芭蕉がただ単に、名所旧跡や歌枕を尋ねて旅をしたのではなく、新しい連衆《れんじゅ》すなわち新しい対話の相手を捜して遍歴を重ねたのだと思い当たります。自分とは異質の言葉たちと出会い続けることが、ひいては芭蕉自身の自己革新にもつながったでしょう。芭蕉の古参の門人、宝井其角や山本荷兮《かけい》などが、芭蕉の自己革新の速さに蹤《つ》いて行けなくなる過程が見て取れます。そのあたりを芭蕉の側から見た事情の一端は、芭蕉の門人森川許六《きょりく》が記録した『宇陀《うだの》法師《ほうし》』に次のように述べられています。

　発句は門人の中、予に劣らぬ句する人多し、俳諧（連句）においては老翁が骨髄、と申されける事、毎度也。

後世の明治期、正岡子規の手によって「俳句」として独立することになる発句ですが、発句が独立する要素は既に芭蕉らの時代から存在し、かつ重視されていて、芭蕉も「発句は一本の立木のように直ぐやかに作れ」と教えています。その発句作者なら自分（芭蕉）よりも優れた門人がたくさん居るが、連句の付合（対話すること）こそが自分の真骨頂なのだ、と矜持を示しているのです。

一方で独吟（独白＝モノローグ）に執した井原西鶴の連句などは、自我の表現を第一とする近代の文芸観を先取りしていたとも言えます。しかしその根底に連句の要因である対話（ダイアローグ）の精神を温存していたとするならば、さまざまな人物像を描き分ける小説家としての西鶴の資質を涵養したのも連句（俳諧）における修辞《レトリック》の鍛練の結果だったと推論できそうです。

以前に紹介した八世紀中唐の夭折詩人李賀の漢詩連句（柏梁体）にも同じことが言えます。李賀の詩は総じて劇場性と虚構とに富むものでしたが、例えば漢詩連句の一つ「惱公」（悩ましい人）は、李賀の独吟ながら、宋玉という名のプレイ・ボーイと嬌嬈という名の若い女性、架空の人物二人を登場させて恋愛論を闘わせる趣向で一〇〇句を連ねる構成です。冒頭から次のような対話体で始まります。

「悩ましい人」

男　ぼくは宋玉　恋にやつれて

女　あたしは嬌嬈　紅お白粉で

歌ごゑは春草の露

男　門掩《おほ》ふ杏の花むら

くちびるは小さな桜桃《みざくら》

（以下95句省略）

「悩公」李賀

宋玉愁空斷

嬌嬈粉自紅

歌聲春草露

門掩杏花叢

注口櫻桃小

（原田憲雄・訳注『李賀歌詩編』から）

(23) 二花三月

芭蕉の連句 その四

「花を持たせる」という成句は連句の作法からきています。

連句では、花と月と恋の句は最も大切な場面と見做されています。森羅万象や人事百般を映しとる連句文芸において、春季の象徴である「花」と秋季の象徴である「月」、そして誕生から死までのさまざまな人間の営為の中のとりわけ花である「恋」は、最も大切なものとして取り扱われます。「花」は、花と言うだけで桜の花を意味すると同時に春の花全般をシンボライズする言葉として連句一巻の要《かなめ》とされてきました。桜の花でありながら、「桜」と言ったのでは不十分、必ず「花」でなければなりません。それほどにも大切な花と月は、歌仙形式にあっては、「二花三月」(一巻の中に花の句を二ケ所、月の句を三ケ所詠む)、百韻の場合は四花七月と定められていて、とりわけ名残の折の花の句(匂いの花と称《よ》ぶ)は、一座する連衆《れんじゅ》の中でも重要な人に詠んでもらうのがしきたりで、自分から進んで「花」を詠むのははしたないとされました。「花を持たせる」という成句は、ここから出たと考えられています。

にもかかわらず芭蕉七部集『猿蓑』の歌仙「灰汁桶《あくをけ》の」の巻に例外的に「糸桜」という言葉を使った向井去来の句があります。これについては『去来抄』に、去来が師の芭蕉に「なぜ必ず花と言わなければならないのか、桜と言っては駄目なのか？」と質問するくだりがあります。

卯七曰《いは》く「猿蓑」に、花を桜にかへらるるはいかに。去来曰く、此時予花を桜にかへんといふ。先師曰く、故《ゆゑ》はいかに。去来曰く、凡花は桜にあらずといへる、一通りはすることにて花聟《むこ》、茶の出ばな抔《など》も、はなやかなるによる。はなやかなりと云ふも拠《よんどころ》有り。必竟《ひっきょう》花は咲く節をのがるまじと思ひ侍る也。先師曰く、さればよ、古《いにし》へ（百韻のころ）は四本の内一本は桜也。汝がいふところも故なきにあらず。兎《と》もかくも作すべし。されど尋常の桜に替へたるは詮なし。糸桜一ぱいと句主わがまま也と笑ひ給ひけり。

「灰汁桶《あくをけ》の」の巻名残の折の匂いの花の座で、

絲櫻腹いつぱいに咲《さき》にけり　　去来

と詠まれていることについての質疑応答なのですが、接続詞「されぱよ」と語る芭蕉の口吻が印象的ですね。「されぱよ」と芭蕉は前置きして、百韻形式の四花七月の場合は、四つの花のうち一つはあえて「桜」字を使っていたから、必ず「花」でなければならぬというわけでもない。しかし定《き》まりに逆らってまで「桜」字を使う以上は、平凡な「桜」では詮もない。ともかく作ってみよ。と指導されて、去来が「絲櫻腹いつぱいに咲きにけり」と詠んだところ、師の芭蕉は「腹いつぱいとはわがままな句だ。」と大笑いして許して下さった、という挿話《エピソード》です。つまり、規則を破る革新性は自由だけれど、それなりの覚悟が必要だと芭蕉は言っているのです。式目についても芭蕉の対応は自在であったのです。

この作法は、現代連句でもかなり忠実に守られていて、例えば「花火」（夏季）や「花野」（秋季）「花嫁」（無季）などの言葉が先行した場合には、二花三月に配慮してあえて「桜」字を使う場合もあります。

「月」の字についても同じことが当てはまり、例えば「如月《きさらぎ》」「卯月」などmonthlyの「月」が出た時は、その直近の月の座では、「有明」「良夜」など「月」の字を使わないで月の句を詠むように心掛けるのです。

(24) 魚の目は泪

芭蕉の連句　その五

高等学校等の古文の授業でしばしば諳誦させられる松尾芭蕉の紀行文『おくのほそ道』冒頭の「月日は百代《はくたい》の過客《くわかく》にして、行《ゆき》かふ年も又旅人也。」が、唐の詩人李白の『古文真実後集』に謂う「夫《そ》れ天地は万物の逆旅《げきりょ》、光陰は百代の過客」を模したものであることは周知のとおりです。李白に限らず、杜甫や白居易あるいは五世紀の陶淵明など、芭蕉の文学は多くの漢詩文からはかり知れない影響を受けています。『おくのほそ道』「旅立」の章に、

行春《ゆくはる》や鳥啼《なき》魚の目は泪《なみだ》　芭蕉

という、シュールな感覚の不思議な句があります。鳥と魚は陶淵明『田園の居に帰る』の詩句「羈鳥は旧林を恋い、池魚は故淵を思う」の本詩取りだろうというのが定説です。また「魚の

目は泪」は、芭蕉の門人で有力なパトロンでもあった公儀御用達魚問屋の主《あるじ》杉山杉風への挨拶であろうとする説（例えば嵐山光三郎氏の『芭蕉紀行』など）もあり、然《さ》もありなんと私も思います。それらを承知の上で私はさらに「魚目」という言葉に注目したいのです。またまた唐の夭折詩人李賀を引き合いに出しますが、李賀が都の長安の下級役人で鬱屈していたころ、望郷の念やみがたく詠んだ詩『題帰夢（家に帰った夢）』の一節に、

勞勞一寸の心　（私のちっぽけな心は家族を思ってぐったり）
燈花魚目を照らす　（魚のように眠られぬ目を燭が照らすばかり）

という詩句があります。「魚目」とは、閉じることのない魚の目を、心の傷みで眠られぬ目の比喩とした言葉だったのです。ちなみに李賀研究の第一人者原田憲雄氏の注によると「魚目」は李賀の造語だろうということですが、李白や杜甫や白居易などと違って李賀が日本人には馴染みが薄く、芭蕉が李賀の詩を知っていたかどうか。たぶん、博覧強記の芭蕉なら知っていただろうと私は考えます。

『おくのほそ道』で芭蕉に随行した河合曽良の『曽良随行日記』と照合すると、『ほそ道』本文の内容の大半は芭蕉のフィクションであることが知られています。しかし芭蕉のオリジナ

リティーが最も際立つ点は、多くの論家が指摘するように、『ほそ道』全体が連句仕立てで構成されていることでしょう。例えば本文では、深川堀の芭蕉庵を人に譲っていよいよ旅立つ時に「草の戸も住替《すみかは》る代ぞひなの家」を発句とする百韻の、表八句を書き留めて壁に掲げておく、と述べていますが、連句会を催した形跡はまったく見当たらず、これも紀行文そのものを連句仕立てにするための虚構らしいのです。そして花や月の座の趣向、恋句の場面の設定など、「俳諧は老翁が骨髄」と自負するだけあって、連句仕立ての配慮が随所になされていると理解されます。

連句に必須とされる恋句にあたる場面の一つとしては、市振宿で泊まった折、伊勢参りに向かう遊女の一行と襖を隔てて同宿し、

一家《ひとつや》に遊女もねたり萩と月

という句を得て、「曾良にかたれば書《かき》とゞめ侍る。」ということになっていますが、『曾良随行日記』に照合してみても、遊女たちと同宿したという事実はなく、どうやらこれも、連句の構成上、恋の場面が必ずほしいものと望んだ芭蕉のフィクションらしいのです。市振宿から十数日後加賀の立花北枝の歓迎を受けて山中温泉で巻いた歌仙の中に曽良の句で、

遊女（役者とも）四五人田舎わたらひ　曾良

と詠まれており、どうやら曽良の句にヒントを得て、遊女同宿の情景に置き換える趣向を思い付いたかと考えられます。

連句に限らず言葉とは、たとえルポルタージュの文といえども、書かれたり発せられた途端に虚構性を帯びるもののようです。

(25) 夏炉冬扇

芭蕉の連句　その六

松尾芭蕉とその弟子たちが思想上で最も影響を受けたのは古代中国の思想家老子と荘子でしょう。例えば「芭蕉七部集」の一つ『ひさご』のタイトルは荘子《そうじ》『逍遥遊篇』を出典としています。芭蕉の愛弟子の一人越智越人《えつじん》が担当した『ひさご』の序文に、

江南の珍碩《ちんせき》我にひさごを送れり。これは是《これ》水漿を盛り酒をたしなむ器にもあらず、或は大樽に造りて江湖をわたれといへるふくべにも異《こと》なり。吾また後の恵子にして用《もちゐ》ることをしらず。つらつらそのほとりに睡り、あやまりて此のうちに陥《おちい》る。醒てみるに、日月陽秋きららかにして、雪のあけぼの闇の郭公《ほととぎす》もかけたることなく、なほ吾が知人ども見えきたりて、皆風雅の藻思をいへり。しらず、是はいづれのところにして、乾坤の外《ほか》ならぬことを。出《いで》てそのことを云《いひ》て、毎日此内にをどり入る。

とあり、荘子の説く「無用の用」を援用したものです。

荘子『逍遙遊篇』に記された説話とは、梁の恵王が魏王から贈られた格別大きな瓢箪が、水《みず》瓶《がめ》にも柄杓にも適さず使い道が分からなく用立たずのため叩き割ってしまったというのを荘子が諭す話です。荘子は、その巨大な瓢箪（ひさご）を湖に浮かべて、どうして舟遊びでもしなかったのか、と無用の用を説きます。荘子は、この巨大な瓢箪の話に続けて、ふしくれだち曲がっておよそ材木の用をなさない樗《おうち》（栴檀《せんだん》）の大木についても語っています。

大いなる樹ありて、其の用ふる術《すべ》なきを患《うれ》ふるも、何ゆゑに之を無何有《むかう》の郷、広くはてしなき野に植ゑて、とらはれなき心もて其の側らに無為《いこ》ひ、逍遥《こころにまか》せて其の下に寝臥《ねそべ》らざるや。斤斧《おのまさかり》に夭《き》らるることもなく、物に害さるることもなし。用《やく》だつべき所なきも、安《なん》の困り苦しむ所あらんや。

（福永光司「荘子」）

と、無用の用を強調しています。

荘子の影響を受けた芭蕉はまた。門人の森川許六《きょりく》に贈った『柴門《さいもん》の辞』で、予が風雅は夏炉冬扇のごとし。衆にさかひて用ふるところなし。

とも言っています。「私の風雅（連句）は、真夏の火鉢、真冬の扇子のようなもので、およそ世間にあっては役たたずだ」と謙遜したわけですが、文芸というものの本質を衝いた言葉だとも思われてきます。

また『猿蓑』巻之六所収「幻住庵記」の一節に述懐された次のような文章、

つらつら年月の移りこし拙き身の科《とが》をおもふに、ある時は仕官懸命の地をうらやみ、一たびは佛籬《ぶつり》祖室の扉《とぼそ》に入らむとせしも、たどりなき風雲に身をせめ、花鳥に情《じやう》を勞して、暫く生涯のはかり事とさへなれば、終《つひ》に無能無才にして此《この》一筋につながる。樂天は五臓《ござう》之神《しん》をやぶり、老杜《らうと》は痩たり。賢愚文質のひとしからざるも、いづれか幻の栖《すみか》ならずやと、おもひ捨てふしぬ。

先《まづ》たのむ椎の木も有《あり》夏木立

とあります。「かつては仕官して俸禄を得たいとも願い、仏門に入りたいとも思ったが、旅情に誘われ、花鳥風月に心を奪われて俳諧（連句）に親しむこと一筋が自分のライフワークとなってしまった。白樂天にぞっこん打ち込み、杜甫に倣《なら》って創作の道に痩せてしまったという次第。いずれこの世はまぼろしの棲家だと思い定めている。」と告白しているのです。

(26) 梅雨の挨拶

芭蕉の連句　その七

たまたまNHKテレヴィの気象番組を見ている時、キャスター嬢が「五月晴れ《さつきばれ》」という言葉を用いて黄金週間《ゴールデンウィーク》頃の晴天続きの予報を解説していました。俳諧人には常識のことですが、五月雨《さみだれ》も五月晴れも陰暦五月の気象用語ですから、五月雨は梅雨のこと、五月晴れは梅雨のさ中の束の間の晴天の意味。誤用におどろいてNHKへ注進に及んだところ回答があり、『放送用語辞典』なるものがあって、両方の意味の使い方を容認しているということでした。やんぬるかな、陰暦と陽暦との混用に遠因があるとはいえ、日本語の乱れもこれまでに至ったかと慨嘆しきりでした。

松尾芭蕉の『おくのほそ道』、山形新庄のくだりの名吟、

五月雨《さみだれ》をあつめて早し最上川　　芭蕉

は、よく知られるとおりです。

芭蕉たちが、大石田の高野平右衛門（一榮）宅を訪れたのは元禄二年（一六八九）陰暦五月下旬、奥州は折しも梅雨のさ中でした。高野邸に腰をおろした芭蕉一行は亭主の一榮ほかと四吟歌仙を張行しています。連句の座では通常、発句は正客が、脇句は亭主が務めて挨拶に代えるのがしきたりで、この時の歌仙も、

さみだれをあつめて涼し最上川　　芭蕉
　岸にほたるを繋ぐ舟杭　　一榮《いちえい》
瓜ばたけいさよふ空に影待ちて　　曾良
　里を向ひに桑のほそみち　　川水《せんすい》
牛の子にこころなぐさむ夕まぐれ　　一榮
　水雲《すいうん》重しふところの吟　　芭蕉
ウ
侘笠をまくらに立《たて》てやまおろし　　川水
　松むすびおく国のさかひめ　　曾良

（以下二十八句略）

と続いています。「ほそ道」本文の「五月雨を集めて早し」ではなく、歌仙では「集めて涼し」だったのです。

芭蕉の発句は、「蒸し暑い梅雨のさ中ですが、最上川の涼しい景色がさすがに嬉しいおもてなしですね。」と、気配りの挨拶をしたのであり、「早し」でなく「涼し」だからこそ挨拶にもなったのです。その発句に対して亭主一榮の脇句は、「片田舎の川べりの貧しい舟杭に、よくぞ風流な趣の蛍がお止まりくださいました。」と挨拶を返したわけです。

芭蕉一行は続いて翌々日の陰暦六月二日、新庄の澁谷甚兵衛（風流《ふりう》）邸に逗留し、土地の俳諧人たちと、次のような歌仙を首尾しています。

新庄

御尋ねに我が宿せばし破れ蚊や　風流
はじめてかをる風の薫物《たきもの》　芭蕉
菊作り鍬に薄《すすき》を折添《をりそへ》て　孤松
霧立ちかくす虹のもとする　曾良
そゞろなる月に二里《ふたさと》隔てけり　柳風

馬市暮れて駒迎へせん　　　　執筆

（以下二十八句略）

ここでは亭主の方から、「せっかくお尋ねくださった我が家ですが、狭苦しく蚊も湧いていて申し訳ないことです。」と挨拶したのに対して、「いえいえ、緑の風が香《かぐわ》しく、薫《た》きものでもてなされている心地です。」と、芭蕉がねんごろに挨拶を返しています。

このとき芭蕉一行を泊めて、文学史に名をとどめた新庄（現山形県新庄市）の澁谷甚兵衛さんは、平成二十四年度蛇笏賞（第四十六回）を『澁谷道《しぶやみち》俳句集成』（沖積舎）で受賞した女流俳人澁谷道氏（大阪市在住）のご先祖なのだそうです。澁谷道さんは俳句の功績のみならず、神戸の橋閒石翁に学んだ連句の普及と指導にも熱心で、連句界からも敬愛の的になっています。

(27) 恋句

芭蕉の連句　その八

松尾芭蕉は生涯独身で漂泊のうちに過ごし、書簡や紀行文に見え隠れする衆道好みは別としても、その実生活に表だっては浮いた話も聞きません。もっとも、芭蕉最晩年に芭蕉不在の深川芭蕉庵で留守居をしながら、ついに病没した謎の女性寿貞尼《じゅていに》が芭蕉の幼馴染みで、幼名を「すて＝寿貞」と称《よ》び、芭蕉の若い頃の愛人でもあって、紆余曲折の末、内縁関係にあったらしいとする有力な説（別所真紀子氏の小説『数ならぬ身とな思ひそ』『芭蕉経帷子』ほか）があります。芭蕉は旅先で寿貞尼の訃に接したとき「尼壽貞が身まかりけるときききて」と詞書《ことばがき》して、

数ならぬ身とな思ひそ玉祭り　　芭蕉

という哀感きわまりない悼句を捧げています。とかく芭蕉は恋愛の機微に通じていて、連句一巻に必須とされる恋句の名手でした。

連句に恋句が必須とされるのは、連句の始まりが『古事記』のイザナギ・イザナミ男女神による求婚の呼《よ》ばい「あなにやし、え娘子《をとめ》を」「あなにやし、えをとこを」にあるためと考えられています。恋句についての芭蕉の考えは、例えば『去来抄』に次のように説明されます。（引用が長くなりますが…。）

先師曰《いは》く、古《いにし》へは恋の句数不定。勅巳後（『菟玖波集《つくばしゅう》』が勅撰に昇格して以来）、二句以上五句と成る。是れ礼式の法也。一句にては捨てざるは、大切の恋句に挨拶なからんは如何と也。一説に陰陽和合の句なれば、一句にて捨つ可《べか》らずともいへり。皆大切に思ふ故也。予が一句にても捨てよといふも、いよいよ大切に思ふ故也。汝は知るまじ。古《いにし》へは恋句出《いづ》ればしかけられたりと挨拶せり。又五十韻百韻といへども一巻に恋の句なければ一巻とは云はずしてはしたものとす。かく計《ばか》り大切なるゆゑ、皆恋句になづみ、わづか二句一か所に出《いづ》れば幸《さいはひ》とす。かへつて巻中恋句稀《まれ》也。又多くは恋句より句渋り吟重く、一巻不出来になれり。このゆゑに恋句出《いで》て付《つけ》よからん時は、二句か五句もすべし。付難《つけがた》からん時は暫く付けずとも一句にても捨てよと云へり。かくいふも何とぞ巻づらのよく、恋句の度々出《いで》よかしと思ふゆゑ也。勅の上を云《いふ》はいかがなれども、それは連歌《れんが》の事にて、俳諧の上にあらねば奉背にもあらず、しかれども我古人の罪人たらん事をまぬかれず。ただ後学の作しよからん事を思ひ侍るのみ也。

恋句はきわめて大切なものだから、二句から五句ほども続けて出す事を心掛けよ、もし付け難い時には、連句の進捗を優先して一句のみで終わっても良いが、折をみて再び三たび恋句の付合をせよ、恋句が出ていない連句は、たとえ百韻であっても半端物で、作品とは言い難い、とまで断じています。

その芭蕉がどのような恋句を詠んでいたか、付合の幾つかを故東明雅氏の名著『芭蕉の恋句』(岩波新書)から孫引きしておきます。

きぬぎぬのあまりかぼそくあてやかに　芭蕉
風ひきたまふこゑのうつくし　越人
(「雁がねも」の巻)

宮にめされしうき名はづかし　曾良
手枕《たまくら》にほそき肱《かひな》をさし入れて　芭蕉
(「風流の」の巻)

遊女四五人田舎《ゐなか》わたらひ　曾良
落書《らくがき》に恋しき君が名も有《あり》て　芭蕉
（「馬かりて」の巻）

ほそき筋より恋つのりつつ　曲水
物おもふ身にもの喰へとせつかれて　芭蕉
（「木のもとに」の巻）

「落書に恋しき君が名もありて」など、現代連句に詠まれていても不思議はない恋句です。

(28) 無名性

芭蕉の連句　その九

対話（ダイアローグ）の詩である連句は、原則、共同制作（複数の作者による合作）を旨としています。言葉の私有化に至る著作権の考えには逆行しますが、本来、言葉は、太陽や空気や水と同じように万人の共有資産であり、私有化にはなじまない性質のもののはずで、連句も連衆の連帯責任において創作され、それぞれの句の作者名の表記も最小限にとどめられます。まさしく無名性志向の文芸といえます。例えば『連句辞典』（東明雅ほか編）に項目として挙げられる「一二三付《ひふみづけ》」という方法などでは、一巡の間は連衆名を記録するものの、一巡後は、一・二・三と数字を記するのみで句々の作者名は省略されるのです。

一方、現代の連句では、コンサートの指揮者にもあたる「捌き」の存在を重視して表面に立て、作品の責任者もしくは代表の役割を担わせることが多いですが、共同制作である連句作品に、ことさら捌き名を強調する必要があるのか否か、つねづね私は疑問を感じています。松尾芭蕉や与謝蕪村の連句を振り返ってみても、捌き名などどこにも記されていません。しかしまた、芭蕉や蕪村が折々の連句の座を指揮し、ときには大胆な添削や斧正を施して作品の文学性を高める、いわゆる捌きの役割を担ったことも確かな事実でしょう。

以前にも蕉風の「匂付《においづけ》」の説明で紹介しましたが、『猿蓑』の、芭蕉・向井去来・野沢凡兆による「市中《いちなか》は」の巻三吟歌仙で、

ゆがみて蓋のあはぬ半櫃《びつ》　凡兆
草庵に暫く居ては打やぶり　芭蕉
いのち嬉しき撰集のさた　去来

という付合の去来の句について、はじめは去来が「和歌の奥義を知らず候《さうらふ》」と付けたものを、師の芭蕉が「いのち嬉しき撰集の沙汰」と添削しました。添削というよりは、芭蕉の創作というべきほどの改変ですが、それでも作者名は去来のままで後世に伝わっています。あくまでも、連衆三人の連帯責任による創作ということが最優先されているのです。

もう一つ、『去来抄』に次のように記録されている例を挙げてみます。

下京や雪つむ上のよるの雨　凡兆

此《この》句初冠《はじめ》なし。先師をはじめいろいろと置侍《おきはべ》りて、此《この》冠に極め給ふ。凡兆あトこたへて、いまだ落《おち》つかず。先師曰く、兆汝手柄に此冠を置くべし。若《もし》まさる物あらバ我二度俳諧をいふべからずト也。去来曰く、此五文字のよき事ハ誰だれもしり侍れど、是外《このほか》にあるまじとハいかでか知り侍らん。此事他門の人聞《きき》侍らバ、腹いたくいくつも冠置《おか》るべし。其《その》よしとおかるゝ物は、またこなたにはハおかしかりなんと思ひ侍るなり。

凡兆が、己れの句の上五が定まらず思いあぐね、師の芭蕉をはじめ同座する連衆もあれこれ考えた末に、芭蕉が「下京や」と治定《ちじょう》したのですが、なお凡兆が遅疑逡巡するので、芭蕉が一喝して、「下京やと定めて、お前の手柄（名声）にせよ。もしも、下京やに勝るほどの適確な言葉がみつかるなら、以後、自分は俳諧について偉そうなことは一切口にすまい。」とまで断言します。たいへんなほどの芭蕉の矜恃なのですが、さすがに傍らに居た去来が心配して、「もしこの経緯《いきさつ》を他派の人が聞いたならどう思うだろう、片腹痛いとばかりに、上五をいろいろと置き換えることだろう。」と案じています。

その才能を師の芭蕉から愛され、去来と共に『猿蓑』の編纂を任されたほどの凡兆ですが、後年、師に離反して蕉門を去り、俳諧の道を全うせずに終わりました。無名性に徹し得ず自我を通したかった凡兆の才能がかえって災いしたとも言えます。

(29) 舌頭千囀

芭蕉の連句　その十

東明雅ほか編集の『連句辞典』(東京堂出版)に「二五四三」という項目があり、「短句の下七文字が二・五、四・三で切れるもので、句調が整わなくなるため、これを嫌う。この中で二五は、その句により許される場合もあるが、四三は落ちつかず特に嫌われる。」と説明されています。短句下七が四三のリズムだと句調が佶屈として整わないため、三四もしくは五二になるよう心掛けよ、という教訓です。松尾芭蕉も『去来抄』で「句、調《ととの》ハずんバ舌頭に千囀せよ」と訓戒しています。短句(七七)そのものを切り捨ててしまった現代俳句では問題にもなりませんが、現代連句では、今もってかなり重視されている修辞法です。

ところで私の見るところ、現代短歌では殆ど問題視されていないようです。私の文学上の先師、歌人の塚本邦雄の短歌でも、結句が四三の名歌は多く、例えば、

突風に生卵割れ、かつてかく撃ちぬかれたる兵士の眼　　塚本邦雄

の結句「へいしの、まなこ」が、いわゆる下七、四三で連句に謂う「短句下七、四三のタブー」にあたります。また、塚本の代表作、

馬を洗はば馬のたましひ冱《さ》ゆるまで人戀はば人あやむるこころ

の結句「あやむる、こころ」も四三です。
また敬愛する女流歌人山中智恵子の、例えば、

水甕の空ひびきあふ夏つばめものにつかざるこゑごゑやさし　　山中智恵子

の「こゑごゑ、やさし」も、連句で嫌う典型的な四三のリズムということになります。

では、古典ではどうなっていたかと振り返ってみますと、『古今和歌集』や『新古今和歌集』では、結句の七音が四三になる歌はほとんど皆無といってよいのですが、『万葉集』では、けっこう多く見受けられます。

春の苑くれなゐにほふ桃の花した照る道に出で立つをとめ　大伴家持

や、

新《あら》しき年の始めの初春の今日降る雪のいや重《し》け吉事《よごと》　家持

の「いでたつ・をとめ」「いやしけ・よごと」などが結句四三のリズムの典型でしょう。

『万葉集』に傾倒し短歌実作の上での聖典とまで見做していた斎藤茂吉が「短歌における四三調の結句」という評論で、結句四三調忌避に疑問を抱き、検証と論駁を加えて「結句は必ず三四、五二なれといふが如き説は余これをとらず」（松林尚志氏の論考「日本語と音数律についての覚書」〈同人誌「こだま」〉から孫引き）と結論するのは当然の帰結といえます。

連句の短句下七、四三の禁忌にあくまで拘った先賢に、札幌の俳人故窪田薫さんが居ました。窪田さんから折々に回ってくる文音《ぶんいん》連句で、あるとき、これも故人の乾裕幸氏（国文学者・関西大学名誉教授）の面白い付句で、

日南北背《ひなたぼっこ》も過ぎたら駄目よ　裕幸

というのが提出されたことがあり、四三調を嫌った窪田さんが、「すぎたら、だめよ」を「だめよ、すぎたら」と一直してしまいました。さすがにこの時私は違和感を強め、「過ぎたら駄目よ、の軽佻浮薄さ（おどけぶり）がこの句の持味なのであって、この句に限らず現代連句では信屈としたリズムがむしろ相応しい場合も多々ある筈だ」と、窪田さんに異を唱えた記憶があります。

現代詩歌が「二五四三の禁忌」などリズムの問題に無関心となったのは、表現媒体がかつての主流であったオーラル表現（朗詠など）から、明治期以降、新聞や雑誌・詩歌集等による活字表現（タイポグラフィー）に変わったことが主たる要因であろうと考えられます。

（30）高悟帰俗

芭蕉の連句　その十一

世に「芭蕉七部集」と呼ばれる選集《アンソロジー》は、貞享元年（一六八一年）刊行の、いわゆる蕉風開眼の書とされる『冬の日』にはじまり、『春の日』（貞享三年）、『阿羅野』（元禄二年）、『ひさご』（元禄三年）、『猿蓑』（元禄四年）、『炭俵』（元禄七年）、そして松尾芭蕉没後に刊行された『續猿蓑』（元禄十一年）に至る七冊ですが、一口に蕉風といっても、遍歴を重ねる中で自己革新を繰り返した芭蕉の撰集とあって、初期の『冬の日』と、円熟した時期の『猿蓑』、さらには晩年の芭蕉が追求したいわゆる「かるみ」を具現する『炭俵』や『續猿蓑』とでは、それぞれに、大いに異なる表情を見せます。『冬の日』は、「野ざらし紀行」の途次、尾張の連衆と初めて見参して一座を建立した緊張感もあってか、さすがに新鮮でシャープな感覚の句が並び、蕉風開眼の雰囲気をよく伝えています。

それぞれの撰集から、芭蕉が加わった付合《つりあい》をアトランダムに引いてみます。

まず『冬の日』巻頭の「狂句こがらしの」の巻の中ほど、ウラ十一句からを例示すると、

二の尼に近衛《このゑ》の花の盛りきく　野水
蝶はむぐらにとばかり鼻かむ　芭蕉
のり物に簾透く顔おぼろなる　重五
いまぞ恨みの矢を放つ声　荷兮
ぬす人の記念《かたみ》の松の吹き折れて　芭蕉

というように、連衆各人が劇的な展開を心掛ける様子が見てとれます。名残の折には、

しらじらと砕けしは人の骨か何　杜国
烏賊《いか》はえびすの國の占方《うらかた》　重五

などという斬新な付合もあり、それまでの、貞門俳諧や談林俳諧の気風を一新し、まさに当時（貞享元年）、最前衛の現代詩だったことが推しはかれます。ちなみに貞享元年甲子の年は、他の分野でも進取の気分が高まり、渋川春海の新しい貞享暦を公儀が採用し（映画「天地明

察」で描かれたとおり）、大坂では竹本義太夫が竹本座を創設しています。

しかしやがて、不易流行を説き絶えず自己革新を続ける芭蕉に、保守的な古参の門人たちは追従できなくなり、師に距離を置くようになります。『冬の日』から七年後、元禄四年の芭蕉円熟期の『猿蓑』となりますと芭蕉も江戸や尾張の門人を見限り、近江や京都で新しく得た連衆を相手に新境地の作品を展開します。「灰汁桶《あくをけ》の」の中ほどから引きます。

乗出して肱《かひな》に余る春の駒　去来
　摩耶が高根に雲のかかれる　野水
ゆふめしにかますご喰へば風薫《かをる》　凡兆
　蛭《ひる》の口処《くちど》をかきて気味よき　芭蕉

釈迦の生母摩耶夫人《ぶにん》を祀《まつ》る摩耶山忉利《とうり》天上寺は牛馬の守護本尊として広く信仰を集めていたので、春の駒から摩耶山が連想されたものでしょう。

不易流行の流行の部分に工夫を凝らし慊《あきたら》ず自己革新を続ける芭蕉は、晩年、「かるみ」という理念に到達します。ひとくちに「かるみ」と言っても芭蕉の場合は、高邁な理念に悟達した上で俗に帰る、いわゆる高悟帰俗の精神ですから、晩年の弟子たちにも、本当の意味では十分理解されませんでした。それゆえ芭蕉没後の俳諧の状況は、たちまち通俗に堕してしまいます。つまり不易流行の不易が忘れられ流行に偏した結果だったと言えます。

『炭俵』から、これも無作為に引用します。

梅《むめ》が香にのつと日の出る山路かな　芭蕉
処《ところ》どころに雉子《きじ》の啼きたつ　野坡
家普請《やぶしん》を春のてすきにとり付《つい》て　々
上《かみ》のたよりにあがる米の値《ね》　芭蕉
（以下略）

芭蕉の詩精神がよみがえるには、およそ八十年後の、夜半亭与謝蕪村の出現に待たなければなりませんでした。

(31) 一語一会

連句の要諦が「付けと転じ」にあり、とりわけ「転じ」すなわち変化することに最大の理念があることは、たびたびご紹介してきたとおりです。「歌仙は三十六歩也。一歩もあとに帰る心なし。」（『三冊子』）という松尾芭蕉の変化の理念を実践する捷径《ちかみち》として、私たちの連句グループ・海市の会や、おたくさの会では、夙《はや》くから「一語一会」と称し、二花三月の「花」「月」の字を除き、一巻の中で同じ字や言葉を繰り返しては使わない（同字巻去り）という厳しいルールを自らに課しています。さすがに百韻ともなりますと、同字巻去りは難行苦行ですが、それでも屈することなく、かつて平成連句文芸大賞を受賞した百韻「白鳥の巻」（熱田神宮奉納、海市の会の四人に蛇笏賞の女流俳人澁谷道さんをお迎えした五吟）や、宗祇五百年祭奉賛の百韻「離宮の巻」などの場合も、四花七月の「花」「月」字を除き、同字重複を避けて首尾することを達成しました。別にそれを誇りとするわけではありませんし、あくまでもローカル・ルールです。それに、手本とすべき肝腎の芭蕉の連句作品でも例えば、『猿蓑』の「市中《いちなか》は」歌仙でも「門」や「小」字など重複しているし、「草」「子」字などは一巻の中に繰り返し三度も四度も出ているゾ、と言われればそのとおりで、説得性を欠く憾《うら》み無きにあらずですが、芭蕉の説く理念は理念として尊重し、「一語一会」（すなわち、転じの精神）の実践に努めている次第です。

この「一語一会」も、実は前々回、「舌頭千囀」の「二五四三の禁忌」でご紹介した札幌の俳人故窪田薫氏が生前ことあるごとに強調した修辞法の一つで、「転じの理念」実践という観点に基づくそのストイシズムは。芭蕉が提示した理念によるものながら、芭蕉を超えてしまっており、私なども大いに共鳴したものでした。

「転じの理念」の元に窪田薫氏が口を酸っぱくして説いた修辞法のもう一つに、「韻字留め（漢字留め）打越し忌避」がありました。付句の趣旨や情景が打越（前々句）に後戻りすることを「観音開き」と称して、連句最大のタブーたることは連句人の常識ですが、後戻りの禁忌が措辞（言葉遣い）にも当てはまること論を俟《ま》たないでしょう。韻字（漢字）での留めが打越すことを、前述の窪田さんは厳に戒めていました。

発句が切れ字（や、かな、けりなど）や体言（特に漢字）で留まり、脇句も漢字で留まる場合が多いので、第三句は、発句と脇句とによって醸成された世界から転じるために、「て、に、にて、らん、もなし」などで留めるということは連句人なら誰しも知っている定石ですが、東明雅ほか編『連句辞典』（東京堂出版）では、「四句目」という項目を設けて、第三句で転じた流れをさらに四句目で「転じ切れ」と訓戒しています。せっかく第三句で「て、に、にて、らん、もなし」等で転じておきながら、四句目に韻字留めなど措辞の重たい句を付けて、発句・脇句の世界へ後戻りしたのでは、第三句で転ずる意味や効果が失われてしまうという教訓なのです。転じの理念にもとづくこの考えと修辞法は、第三や四句目に限らず、連句のあらゆる場面にあてはまるべきだと考えています。

他のグループの人々にまで強要することは厳に戒めていますが、自らに苦行を強いるがごとき「一語一会」（同字巻去り）を愚直に実践することで、新たに見えてくる地平線もあります。そして試行錯誤や推敲を重ねることに伴って、連衆相互の語彙《ボキャブラリー》が豊富になるというメリットもあるようです。

（32） 天王寺蕪？

蕪村の連句　その一

与謝《よさ》蕪村（1716〜1783）は、松尾芭蕉（1644〜1694）から七、八十年後に活躍した俳諧人ですが、芭蕉没後、芭蕉の門人たちの多くが、師が晩年に到達したいわゆる「かるみ」の境地を曲解して通俗に堕した、言い換えれば「不易流行」の不易の部分を忘れ流行にのみ偏った俳諧（連句）の現状を「田舎蕉門」と鋭く批判し、真の芭蕉に帰れと文芸復興《ルネッサンス》を提唱した人です。そして蕪村もまた芭蕉同様、俳語（雅語大和言葉の反語）として敬遠される漢詩文から数限りない影響を受けた詩人でした。とりわけ、五世紀東晋の陶淵明に対する傾倒は著しいものがあります。一例を挙げれば、蕪村の代表作と見做される発句、

菜の花や月は東に日は西に　　蕪村

は、陶淵明『雑詩』第二首の対句、

白日淪西阿　白日は西の阿《おか》に淪《しず》み
素月出東嶺　素月は東の嶺に出づ

を本詩取りしたものであることは明白です。

与謝蕪村の出自は、摂津国毛馬村（現大阪市都島区毛馬町）です。近くの淀川堤防には、「蕪村生誕地」の標識と、『春風馬堤曲』の第二句「春風や堤長うして家遠し」の碑が建てられています。「馬堤」とは毛馬の堤の意。蕪村が両親について詳しく語ることはほとんどありませんでしたが、父親は谷口姓で毛馬村の有力者（村長《むらおさ》だったという説もある）、母親は丹後国与謝郡から大坂へ奉公に来ていた女性らしいと言われています。蕪村幼少時に母親とは死別したようで、蕪村の母恋いの情は終生著しく、長じて「与謝」と名乗るのも、母親の出自である丹後国与謝郡にちなんだものなのでしょう。

では、俳号の「蕪村」の方はどうでしょうか。蕪村の「蕪」は、親炙した陶淵明のよく知られる詩文『帰去来兮辞』に「帰んなんいざ、田園まさに蕪《あ》れんとするに、胡《な》んぞ帰らざる。」（吉川幸次郎訳）とある「蕪《あ》れる」に由来すると思われます。つまり「蕪村」とは、二十世紀

淀川河川敷の蕪村生誕地句碑「春風や堤長うして家遠し」
大阪市都島区毛馬町所在

を代表するノーベル賞詩人T・S・エリオットの詩『荒地 The Waste Land』ではありませんが、「蕪《あ》れた村」の意味だったと思われます。蕪村自身が自らの俳号について直接解説した記録はありませんが、蕪村のあまたの作品に、よほど深く陶淵明に傾倒したらしい痕跡の残ることが何よりの傍証となるでしょう。それらの幾つかについては追い追いにご紹介します。

全国の津々浦々に顕彰句碑が建てられ、その師系を僭称する業俳の点者が蟠居することになった俳聖・松尾芭蕉と違って、与謝蕪村は、明治時代にはほとんど忘れられかけていた存在でした。蕪村の句に着目し、門弟たちに懸賞を出してまで蕪村に関わる古俳書を蒐集して、蕪村称揚に努めたのは正岡子規でしたが、不審なことに、漢籍に詳しいはずの子規が、蕪村と陶淵明の浅からぬ関係には全く気が付かず、随想でも「蕪村とは天王寺蕪の村といふ事ならん、和臭を帯びたる号なれども、字面はさすがに雅致ありて漢語として見られぬにはあらず。」（「俳人蕪村」）などと、およそピント外れの意見を述べています。

(33) 月は東に　蕪村の連句　その二

前回、人口に膾炙した与謝蕪村の句、

菜の花や月は東に日は西に　　蕪村

について、蕪村が傾倒した五世紀中国東晋の詩人陶淵明の「雑詩」第二首にある対句、

白月淪西阿　　白月は西の阿《おか》に淪《しず》み
素月出東嶺　　素月は東の嶺に出づ

の本歌（詩）取りらしいことを紹介しましたが、本歌とおぼしいもののもう一つに、蕪村の生

母の出身地、丹後国の盆踊唄で、

月は東に昴《すばる》は西に　いとし殿御《とのご》は真中《まんなか》に

という民謡があります。この盆踊唄は、明和九年＝安永元年（一七七二年）に出版された諸国民謡俗謡集『山家鳥虫歌《さんかちょうちゅうか》』に収録されているのですが、同書刊行から二年後の安永三年の歌仙で蕪村の発句「菜の花や…」が詠まれていることから、蕪村がこの『山家鳥虫歌』に目を通したことは間違いないと思われます。とりわけ生母の郷里で、蕪村自身も京都に定住する前の数年間を暮らした丹後国与謝郡（現京都府与謝野町加悦）の盆踊唄を懐かしんだことでしょう。

話題が少々横道に逸れますが、この『山家鳥虫歌』は実に興味をそそられる書物です。刊行されたのは前述のとおり明和九年ですが、伝えられるところでは、江戸時代初期、徳川幕府との軋轢が絶えず、はやばやと興子《おきこ》内親王（明正《めいしょう》天皇）に譲位して院政を布《し》いた後水尾《ごみずのお》上皇（修学院離宮を造営したことで知られる）が勅命して諸国の民謡俗謡を拾集させたものなのだそうです。たまたま蕪村句の本歌取り出典として紹介しましたが、例えば明治十四年、ときの文部省音楽取調掛が編纂した『小学唱歌集』スペイン民謡の翻案唱歌「蝶々蝶々　菜の葉にとまれ、菜の葉に飽いたら　桜にとまれ（野村秋足作詞）」の本歌らしい江戸お座敷小唄・俗謡の

「蝶よ胡蝶よ菜の葉にとまれ　泊まりゃ名がたつ浮名たつ」なども収録されています。

今、拙稿の参考にしている岩波文庫版『山家鳥虫歌』は柳亭種彦本を底本とするそうですが、明治期、永井荷風や上田敏も『山家鳥虫歌』柳亭種彦本を愛読したらしく、例えば上田敏の翻訳詩集『海潮音』に収録されるW・シェークスピア『冬物語』の一場景「花くらべ」にある、

百合もいろいろあるなかに、
鳶尾草《いちはつぐさ》のよけれども、
あゝ、今は無し、しよんがえな。

という詩句に用いられた囃子ことば「しよんがえな」は、『山家鳥虫歌』収録の「ションガヘ節」が援用されていること明白です。

ちなみにこの詩で上田敏は、鳶尾《いちはつ》を百合の仲間としていますが、イチハツはアヤメ科、なぜユリ科としたのか、いまだに解《げ》せません。

『海潮音』は幼少年期からの愛読書ですが、ほかにもいぶかしい箇所があり、例えばエミイル・ヴェルハアレン「鷺の歌」に、

ほのぐらき黄金隠沼《こがねこもりぬ》、
骨蓬《かうほね》の白くさけるに、
静かなる鷺の羽風は
徐《あもむろ》に影を落しぬ。　（傍線筆者）

とありますが、河骨《コウホネ》の花は須《すべから》く黄色。白花の品種があるかどうか寡聞にして知りません。
また鷺といえば、蕪村の「菜の花や」歌仙の三浦樗良《ちょら》の脇句も、以前にもご紹介したとおり『新古今和歌集』後鳥羽院の御製、

見渡せば山本かすむ水無瀬川夕べは秋となに思ひけん

の本歌取りだったことを思い出します。「菜の花や」歌仙の冒頭三句を再び引用します。

菜の花や月は東に日は西に　蕪村
　山もと遠く鷺かすみ行《ゆく》　樗良
渉《わた》し舟酒債《さかて》貧しく春暮れて　几董

(34) 俳諧ルネサンス　蕪村の連句　その三

「芭蕉七部集」に倣った「蕪村七部集」が与謝蕪村の没後に刊行されました。その内訳は、『其雪影《そのゆきかげ》』(明和八年＝一七七二年刊)、『あけ烏』(安永二年＝一七七三年)、『此《この》ほとり一夜四歌仙』(安永二年)、『續あけがらす』(安永五年)、『夜半楽』(安永六年)、『誹諧もゝすもゝ』(安永九年)、『花鳥篇』(天明二年＝一七八二年)、『五車反古《ほうぐ》』(天明三年)の八冊ですが、七部集と言いながら、なぜ八冊が対象になったかというと、版元が『此ほとり…』と『花鳥篇』の合本を一冊と見誤ったためと伝えられています。

蕪村は若い時、関東に下向して、芭蕉の流れを汲む夜半亭一世・早野巴人《はじん》に俳諧を学びます。師の巴人は、芭蕉の高弟宝井其角や服部嵐雪に師事した人だったので、その意味では、蕪村は芭蕉の直系ということになります。当時、芭蕉の直系を名乗る宗匠たちはほかにも全国津々浦々に抜扈していましたが、蕪村は、それら通俗に堕した業俳たちを「田舎蕉門」と鋭く批判して、「真の芭蕉に帰れ」と文芸復興を提唱します。蕉風俳諧に親炙してその神髄を会得したと自覚する蕪村は終生、芭蕉、其角、嵐雪らを敬慕し、例えば「七部集」最初の『其雪影』には、芭蕉ほかの肖像画を掲載するなどして、その師系を明白にしています。『其雪影』は、巴人門に於ける蕪村の兄弟子で高井几董の父親でもある高井几圭の十三回忌にあたって、蕪村の監修のもと、子息の几董が亡父几圭追善のために刊行したものですが、蕪村が描いた肖像画にそれぞれの代表句を添え、蕪村が信頼を置く几董の筆で版が起こされています。肖像画に添えられたそれぞれの句は、

古池や蛙とび込水の音　芭蕉翁
稲妻やきのふは東けふは西　晋其角
黄菊白菊そのほかの名はなくもがな　雪中菴嵐雪
啼《なき》ながら川こす蟬の日影かな　巴人菴宗阿

などで、さらに巻末に几董の解説があり、

そのゆき影　巻尾

晋子《しんし》・雪中《せっちゅう》は蕉翁の羽翼《うよく》なり。晋子・雪中は巴人菴宋阿の左右の師也　阿叟《あそう》は又先人（蕪村）が師也。されば其《その》系譜の正しきをもて、師夜半翁の筆を煩はして、おの〳〵肖像を写《うつし》て道の栄とし、はた先人が旧知、あるは今我《わが》相しれる諸子の句々を拾ひ、父が志を継《つぎ》て、父が霊を慰《い》する事しかり。

几董

夜半亭蕪村画

門人高几董書

と記されています。

愛弟子で達筆の几董を起用して版下を書かせ、蕪村自らも肖像画染筆を担当し、几董の父親几圭の十三回忌を期して追善の連句集を出版するという意図は、夜半亭一門が蕉風の正統であることとともに、几董が次代の後継者であることを内外に示すところにあったでしょう。事実几董は、蕪村没後に夜半亭三世を継承することになります。

「其雪影」から

(35) 一夜四歌仙

蕪村の連句　その四

連句という文芸を知るきっかけは、古書店で手にした幸田露伴の芭蕉七部集『冬の日・評釈』にありましたが、連句の価値にあらためて気づかされたのは、与謝蕪村七部集の一つ『此《この》ほとり一夜四歌仙』の存在でした。

安永二年（一七七三年）の秋、蕪村と弟子の高井几董《きとう》が、偶々《たまたま》上洛していた伊勢の三浦樗良《ちょら》を誘って三人で、重篤な病いに臥せっていた同門の和田嵐山《らんざん》を見舞うのですが、病人にせがまれてその枕頭で、同時進行で四つの歌仙を首尾したものです。病人の嵐山を含む四人それぞれが発句を提示し、秋雨の昼ごろからはじめて三更（子《ね》の刻）まで実質十二時間ほどの間に四歌仙を巻き終えるというスピードぶりです。さすがに病人は疲れて途中で眠り込むのですが、花の定座に至ると病人を引き起こして句を詠ませるなどして四歌仙を満尾、しかも蕪村連句を代表する秀作揃いです。死に直面する友人の枕頭での連句制作とあって緊張と使命感に占められていたかと想像され、連句という文芸が単なる遊芸に止《とど》まらず、ときに死に物狂いの場面を齎《もたら》すのだと知りました。四歌仙それぞれの冒頭部分を紹介します。

其一　薄見つ萩やなからん此邊《このほと》り　蕪村
　風より起るあきの夕《ゆふべ》に　樗良
舟たえて宿とるのみの二日月　几董
（以下33句略）

其二　白菊に置《おき》得たり露置得たり　嵐山
　残そめたるけさの月影　几董
借馬に秋を涼しくまたがりて　樗良
（以下33句略）

其三　戀々として柳遠のく舟路かな　几董
　離々として又蝶を待艸《まつくさ》　蕪村
のどやかに菴《いほり》ひとつを住捨《すみすて》て　嵐山
（以下33句略）

其四　花ながら春のくるゝぞ頼りなき　樗良

やがて卯木の垣の山吹　嵐山
摺鉢の独活《うど》のあへ物召れけり　蕪村
（以下33句略）

それぞれの花や月の座、挙句などの細部までご紹介したいところですが、紙幅の都合でやむなく割愛します。それよりも「一夜四唫発端」と題した蕪村の序文に、蕪村の真骨頂が顕著で、その一節は次のとおりです。

（前略）あるじの翁は、このほどの労り独り堪《たふ》べくもあらで、おのれには句を許し得させよと、頭巾目深に引き被り、おどろおどろに毛おひたる古きしとねの、八畳には得ものべあへざるに這《はひ》のぼりつつ。やがて臼引音の聞ゆるは、例の狸寝入りにはあらで、そこら喰ひこぼしたる宵茶小豆餅の狼藉なるも後ろめたけれ、とかくして三更の鐘響く頃《ころほ》ひ、四巻の歌仙成りぬ、袖にし帰りて、夜明《あく》るままに打返し見るに、よべの小判に引かへて、柿の古葉の古くさきに似たれど、何とやらん昔の人の香《かを》りもあれば、橘屋とはかりあはせよと、あからさまに此邊《このほとり》と題して、橘仙堂に得させせぬ。

飲み残しの茶や喰い散らかした餅など病人の臥床《ふしど》はまるで狐狸の塒《ねぐら》さながら、巻き上った歌仙も、昨夜は小判の上出来と喜んだが、一夜明けて読み返すと狐狸に騙された柿の古葉とも思われた、しかし何となく「昔の人の香り」（芭蕉の連句すなわち蕉風俳諧の雰囲気）もして、早速版元の橘仙堂に原稿を渡して出版を依頼した、というのです。版元の橘屋に掛けて、『古今和歌集』巻三の古歌、読み人しらず「さ月まつ花橘の香をかげば昔の人の袖の香ぞする」を引き、蕉風俳諧の復活を自祝し誇示しているのです。

ちなみに嵐山は『此《この》ほとり一夜四歌仙』の刊行を待たず旬日を経ずして死去しています。

(36) 妹《いも》が垣根

蕪村の連句　その五

青年期に放浪した与謝蕪村は晩婚で、「くの」という名の愛娘《まな》のいたことが知られていますが、伏見や島原の茶屋や妓楼にも足繁く通い、俳諧の女弟子も多く、なかなかの艶福家だったようです。蕪村六十五歳のころ、島原の芸妓小糸に入れあげての茶屋通いが目に余るのを見兼ねた年若の門人樋口道《どう》立《りゅう》に諫められて反省した旨の書簡が残されています。(偽書説もあり)

安永九年四月二十五日付、道立宛

青楼の御異見承知いたし候。御尤《ごもっと》もの一書、御句にて小糸が情も今日限りに候。よしなき風流、老《おい》の面目をうしなひ申し候。禁ずべし。さりながらもとめ得たる句、御披判《ひばん》下さる可《べ》く候。

妹《いも》がかきね三線草《さみせんぐさ》の花さきぬ

これ、泥に入りて玉を拾うたる心地に候。此ほどの机上のたのしびぐさに候。御心切《しんせつ》之段々、忝《かたじけな》く存じ奉り候。　蕪村

道立君

尚々　枇杷葉湯《びはえふたう》一ぷく、あまり御心づけ下され、おかしく受納いたし候。

愛娘くのと年端も変わらぬ若い芸妓小糸さんとの交情ぶりを心配した年下の門人道立に諫められて、いささか恥じ入る蕪村の姿が彷彿とします。

ご忠告に従って、今日限り青楼（妓楼）通いは断念するが、しかしそれがために、

妹がかきね三線草の花さきぬ　蕪村

という自分でも気に入りの句ができたよ、これはいわば、泥の中へ入って宝石を拾った気分だ、と自画自賛しています。

三線草《さみせんくさ》とは、またの名ぺんぺん草、ナヅナの異名ですが、蕪村の句は、松尾芭蕉の、

よくみれば薺《なづな》花さく垣ねかな

を本歌として意識したものでしょう。

自分（蕪村）が通うのをやめれば、小糸さん家《ち》の垣根もぺんぺん草が生えるかも知れない、それでも可憐で小さな白い花は咲かせることだろう、というほどの意味でしょうか。

ちなみに、ナヅナをなぜ「ぺんぺん草」と呼ぶのかというと、ナヅナの実（莢《さや》）が小さな三角形をなしていて、あたかも三味線の撥《ばち》に似るところから、子供の遊びに、三味線あるいは三味線のオノマトペ「ぺんぺん」と言いならわされたことに由来するらしいです。おなじように、タンポポ（蒲公英）という呼称も、タンポポの蕾《つぼみ》の形あるいは穴の通った茎をちぎって両端に裂け目を入れ反り返った形が鼓に似ているところから、まず「つづみぐさ」と呼ばれ、鼓を打つ音の「たん、ぽぽ」が、そのまま呼称になったのだそうです。また、一説に中国語の「丁婆婆（ding po po）」が語源ではないかとする与謝野寛の仮説を、詩人の藤富保男氏が紹介しています。（藤富保男著『詩の窓』思潮社）

話がまたまた横道に逸れますが、神戸の名勝布引の滝（一説に有馬温泉郷または猪名川溪谷）に「鼓の滝」があります。かつて歌僧西行法師が訪れて、

津の国の鼓の滝を来てみれば岸辺に咲けるたんぽぽの花

と詠んだところ、林の中から現れた一介の薪採《と》りの少年が、鼓の滝に咲くタンポポだから、上の句の「来て見れば」よりは「打ち見れば」の方が妥当だと、歌の名人西行の歌を推敲してしまったという逸話が残されています。

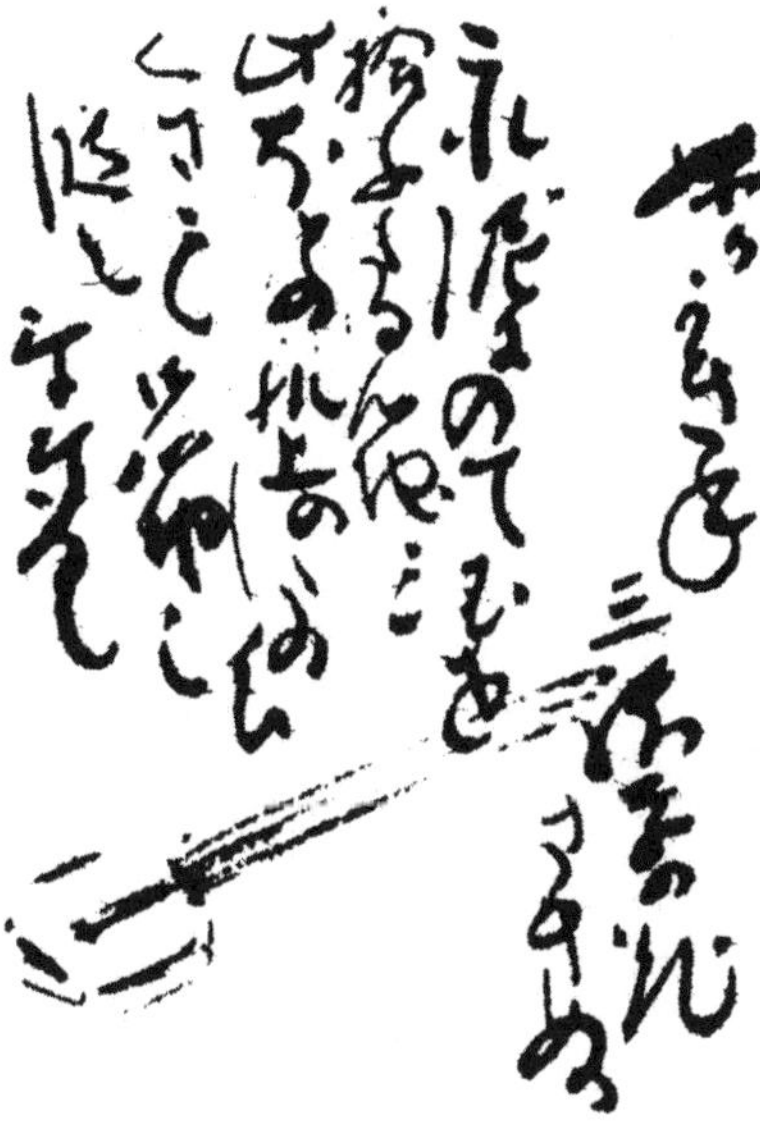

『蕪村書簡集』（岩波文庫）から

(37) いとによる　蕪村の連句　その六

前回、与謝蕪村の老いらくの恋の顚末をご紹介しましたが、さらにそれ以前、連句茶話(17)「時雨の美学」の項でも引用したとおり、蕪村五十九歳ごろ(安永三年)の書簡の中に、

老《おい》が恋忘れんとすれば時雨かな　蕪村

という句も残されています。ある時の句会の「時雨」という兼題に提出した発句らしく、大坂在住の門人吉分大魯《よしわけたいろ》宛ての書簡に、次のように説明されています。

しぐれの句、世上皆景気のみ案じ候故、引違《ひきちがへ》候ていたし見申候、「真葛がはらの時雨」とは、いささか意匠違ひ候。

時雨と言えば世間一般には叙景の句が多いが、そうではなく趣向を変えて、それも『新古今和歌集』慈圓の歌「わが恋は松をしぐれの染めかねて真葛が原に風騒ぐなり」とも趣の異なる恋句を提出してみた、というのです。

蕪村が松尾芭蕉にも劣らぬ恋句の名手だったことは知られていますが、実生活でもなかなかの艶福家で、島原（?）の妓楼の若い芸妓小糸さんとのわりない仲などは社中でも噂だったらしく、大坂の女弟子でやはり芸妓の梅さんが、京都の蕪村に宛てて、ひやかし気味の言葉に発句を添えた手紙を書いていています。

みやこに住給《すみたま》へる人は、月花の折につけつゝよき事をも聞給《ききたま》はんと、いとねたくて、蕪村さまへ文のはしに申しつかはし侍《はべ》る

いとによる物ならにくし几巾《いかのぼり》　大坂　うめ

うめさんの句は、明和六年の蕪村の発句、

几巾《いかのぼり》きのふの空のありどころ　蕪村

を踏まえたものですが、「都に住んでいる人ならば、月につけ花につけ蕪村さまとご一緒して風流話を伺うこともできるのにと羨ましく思います。小糸さんとの噂は大坂にまで聞こえていますよ。彼女のせいで大坂へご無沙汰なら憎いことですね。」と、小糸さんを凧の糸に掛けて揶揄しているとも読めます。

これに答えて蕪村は、

さそへばぬるむ水のかも河　　其答《そのこたへ》

と、言い訳がましい句を返しています。「お誘いがあれば鴨川の水も緩《ぬる》んで大坂へまで流れて行きますよ」という程の意味でしょうか。

実は、このうめさんの句を立句に、蕪村の句を脇句に仕立てて、高井几董をはじめ門人たちに、問題の小糸さんも加わった連句が巻かれているので以下に紹介しておきます。

いとによる物ならにくし几巾《いかのぼり》　　うめ
さそへばぬるむ水のかも河　　其答《そのこたへ》

盃《さかづき》にさくらの発句《ほく》をわざくれて　几董
表うたがふ絵むしろの裏　小いと
ちかづきの隣に声す夏の月　夜半
をりをりかをる南天の花　佳棠
なかなかに朝精進《しやうじん》の罪あさき　湖柳
重盛公のいとま賜《た》びたり　百池
ゆく雲の唐土《もろこし》かけて旅衣　熊三
碇《いかり》の綱を千々に綰《わが》ぬる　是岩
夜芝居を免《ゆる》す城下のほのめきて　之号
かかる折にや人はかしこき　魚赤

以上、十二句でとぎれたままの連句なのですが、蕪村七部集の一『花鳥篇』（天明二年刊）に収録されています。

ちなみに大坂新地の芸妓うめは、蕪村没後に、蕪村の高弟で四条派を興した画人でもある松村月溪（呉春）の後妻におさまった女性だと伝えられています。

(38) 春風馬堤曲

蕪村の連句 その七

与謝蕪村は摂津国毛馬村で生まれ、父親は村の有力者だったらしいと言われています。母親とは蕪村幼少時に死別したらしく、蕪村の作品に母親はたびたび登場し、蕪村の母恋いの情は顕著ですが、父親について語ることは皆無でした。青年期に毛馬村を出奔したまま、浪速や兵庫への往来に淀川の舟運をたびたび利用することがあっても、故郷の毛馬へ蕪村が帰省した形跡は全くありません。父親から譲り受けた資産を蕩尽したため帰郷できなかったのだろうとする研究もあるようです。しかし母親の思い出とともに毛馬村への望郷の念は、終生蕪村をとらえて離さなかったようで、郷愁《ノスタルジー》あふれる傑作、後世、俳体詩と称《よ》ばれる『春風馬堤曲《しゅんぷうばていのきょく》』(『夜半楽』所収)が書かれます。『春風馬堤曲』は和漢連句のように和句と漢句をとり交ぜた十八首で構成されていて、十八首ということは、半歌仙形式を意識したかとも考えられます。その序文に、あたかも毛馬へ帰郷したかのように書かれていますが、後述するとおり、序文ともどもすべて蕪村のフィクションらしいのです。漢詩文を訓じた冒頭部分からは次のとおりです。

余一日、故園ニ耆老《キラウ》ヲ問フ。澱水《デンスイ》ヲ渡リ馬堤《バテイ》ヲ過グ。偶《タマタ》マ女《ムスメ》ノ郷ニ帰省スル者ニ逢フ。先後シテ行クコト数里。相顧《カヘリミ》テ語ル。容姿嬋娟《センケン》。癡情《チジヤウ》憐ム可《ベ》シ。歌曲十八首ヲ製シ。女ニ代リテ意ヲ述ブ。題シテ春風《シュンプウ》馬堤《バテイ》ノ曲ト曰《イ》フ。

春風馬堤曲　十八首

○やぶ入りや浪花《なにはで》を出《い》て長柄川《ながらがは》
○春風や堤長うして家遠し
○堤ヨリ下《オリ》テ芳草ヲ摘ムニ／荊《ケイ》ト蕀《キヨク》ト路ヲ塞《フサ》グ／荊蕀何ゾ妬情ナル／裙《スソ》ヲ裂キ且《カ》ツ股《モモ》ヲ傷《キズ》ツク
○溪流石点々／石ヲ踏ミ香芹ヲ撮《ト》ル／多謝ス水上ノ石／儂《ワレ》ヲシテ裙ヲ沾《ヌラ》サザラシム
（途中の茶店での場景七首は割愛します。）
○憐《あはれ》みとる蒲公《たんぽぽ》茎短《みぢか》くして乳を邑《あま》せり
○むかしむかししきりにおもふ慈母の恩／慈母の懐《くわいはう》袍別に春あり
○春あり成長して浪花にあり／梅は白し浪花橋辺財主の家／春情まなび得たり浪花風流《ぶり》

○郷を辞し弟に負《そむ》く身三春／本《もと》をわすれ末を取る接木《つぎき》の梅
○故郷春深し行々《ゆきゆき》て又行く／楊柳長堤道漸《やうや》くくだれり
○矯首《けうしゅ》はじめて見る故園の家黄昏／戸に倚《よ》る白髪の人弟を抱き我を
待春又春
○君見ずや古人太祇が句
藪入の寝るやひとりの親の側

「春風馬堤曲」創作の裏事情について、門人で伏見の茶屋の女将宛ての書簡に述懐されたところから推すと、「春風馬堤曲」は、どうやら蕪村の懐旧やみがたさから生まれた虚構らしいのです。書簡の一部を紹介します。

安永六年二月廿三日　柳女・賀瑞宛て

（前略）春風馬堤曲　馬堤は毛馬塘《けまのつつみ》也。則ち余が故園也。余幼童之時、春色清和の日には、必ず友どちと此《この》堤上にのぼりて遊び候。水ニハ上下ノ船アリ、堤ニハ往来ノ客アリ。其中《そのなか》には、田舎娘の浪花《なには》に奉公して、かしこく浪花の時勢粧《はやりすがた》に倣《なら》ひ、髪かたちも妓家の風情《ふぜい》をまなび、（中略）故郷の兄弟を恥《はぢ》いやしむもの有《あり》。されども流石《さすが》、故園の情に不堪《たえず》、偶々《たまたま》親里に帰省するあだ者成《なる》べし。浪花を出《いで》てより親里迄《まで》の道行にて、引道具の狂言、座元夜半亭と御笑ひ可被下《くださるべく》候。実は愚老懐旧のやるかたなきよりうめき出たる実情にて候。

と、懐かしさのあまりの空想の物語であったことが告白されています。

蕪村句碑（大阪市都島区毛馬町淀川堤防）
春風や堤長うして家遠し

(39) 淀川の歌　蕪村の連句　その八

与謝蕪村七部集の一『夜半楽』に収録される俳体詩「春風馬堤曲」のラスト・シーン、奉公先の浪花から藪入りで里帰りする娘が生家近くまで帰ると、

○戸に倚《よ》る白髪の人弟を抱き我を
　待春《まつはる》又春

幼い弟を抱いた老母が門口で私（娘）を待っていてくれたという情景が描かれますが、蕪村が親炙した五世紀東晋の陶淵明『帰去来兮《の》辞』にも同じような場面が描かれていて、蕪村が陶淵明に深く傾倒した証左の一つになろうかと思われます。

『帰去来兮辞』の中段、県令にまで出世していながら官途に嫌気がさして（陶淵明の後輩が

上司として巡察に来たためと伝えられます。）四十一歳で職を辞し故郷へ帰った陶淵明に、やはり家の子郎等が門に出て歓び迎えてくれたという次の記述があります。

乃瞻衡宇　載欣載奔　僮僕歓迎　稚子候門

乃《すなわ》ち我が家の宇《やね》が瞻《み》えた途端、私は欣び奔《はし》る、僮僕たちが歓び迎え、稚《おさな》いわが子たちも門で候《ま》っていてくれる（吉川幸次郎『陶淵明伝』による）

ところで、『夜半楽』にはもう一つの俳体詩「澱河歌《でんがか》」も収録されています。（澱河歌とは「淀川の歌」という意味です。）

澱河歌　三首　　　蕪村六十二歳

○春水浮梅花　南流菟合澱
錦纜君勿解　急瀬舟如電
○菟水合澱水　交流如一身
舟中願同寝　長為浪花人
○君は水上の梅のごとし花水に

浮《うかん》で去ること急カ也《すみや》
妾《せふ》は江頭の柳のごとし影水に
沈《しづん》でしたがふことあたはず

右の漢詩句二首は、

春水ハ梅花ヲ浮べ、南流スル菟《ト》（宇治川）ハ澱《デン》（淀川）ニ合フ、君ヨ錦纜ヲ解ク勿《ナカ》レ、急瀬《キフライ》ニ舟ハ電《イカヅチ》ノ如シ

菟水ハ澱水ト合フ／交《マジハ》リ流レテ一身ノ如シ／舟中願ハクバ同《トモ》ニ寝テ／長ク浪花《ナニハ》ノ人ト為《ナ》ラン

と訓《よ》み、合流する宇治川（男）と淀川（女）を、あたかも相抱擁して一体となる男女に見立てた、六十二歳の老詩人の作とは思えないほどに実にエロス溢れる艶《なま》めかしい詩です。「春風馬堤曲」に登場させる都会の風俗に染まった嬋娟《せんけん》（あでやか）にして可憐な少女像といい、淀川を女身とする見立てといい、あるいは母恋いの情をにじませる数々の句文を見るにつけても、蕪村年来の女性観が類推されるように思われます。

愛娘《まな》のくのについても、京の商家に嫁がせたものの、嫁ぎ先の家風になじまないという理由から、時を経ずに蕪村の方から離縁させて手許へ取り戻しているようです。

また、以前に紹介した蕪村の恋句、

老《おい》が恋忘れんとすれば時雨かな　　蕪村

が記録されている吉分大魯《よしわけたいろ》宛書簡の追伸に、革足袋を注文した次のような記述があります。

大魯様　（安永三年九月廿三日）　　蕪村五十九歳
副啓　毎々乍御面倒《ごめんだうながら》、又例之革足袋ほしく御座候。娘も手習に参候故、はかせ申度候。拙が足は少《ちいさ》く候。九《ここの》文八分くらいにて能《よく》候。おくのが足形は別に相下《あひくだし》候間、足袋屋へ被仰付可被下《おほせつけくださるべく》候。御めんだうながら奉頼《たのみたてまつり》候。以上。

蕪村は小柄だったようで、自分の足袋の文数は九文八分（23・5cm）でよい、手習いに履かせる娘くのの文数《サイズ》は別便で足袋屋へ知らせる、と、嫁入り前の娘への愛情のこまやかさが窺われます。

(40) ももすもも　蕪村の連句　その九

実質十二時間ほどの間に四つの四吟歌仙を首尾した「此《この》ほとり一夜四歌仙」を以前に紹介しましたが、それとはまったく逆に、およそ半ケ年以上の月日をかけてじっくり推敲を施し、わずか二つの両吟歌仙を満尾したのが蕪村七部集の一つ『桃李《ももすもも》』です。しかも同じ京都に住む与謝蕪村と高井几董の二人が、わざわざ書簡をやりとりして、つまり文音《ぶんいん》で制作しています。蕪村六十五歳のとき、これも四十歳（不惑）に達した愛弟子几董に対して、

我俳諧に遊ぶことおよそ五十有余年、今、齢《よはひ》七旬になんなんとす。いまだ自得の俳諧をせず。この頃思ふに汝が俳諧既に熟せり。まことに予と両吟をすべし。

と呼びかけ、ようやく円熟してきた弟子の几董相手の両吟で、常日頃復興を提唱する蕉風俳諧

の見本のような歌仙の傑作を創作しておこうと企図したものです。両人それぞれ既作の発句を立句に、手紙のやりとりで推敲を重ねながら、半年以上の時間をかけて二つの歌仙を首尾しています。それぞれの冒頭部分は、

○牡丹散《ちり》て打《うち》かさなりぬ二三片　蕪村
　卯月廿日《はつか》のあり明《あけ》の影　几董
咳《すはぶ》きて翁や門をひらくらむ　〃
　聟のえらびに来つるへんぐゐ　蕪村
年ふりし街《ちまた》の榎斧入《いれ》て　〃
　百里の陸地《くが》泊りさだめず　几董
　　　　（以下三十句省略）

○冬木だち月骨髄《こつずい》に入《い》る夜哉　几董
　此《この》句老杜《らうと》が寒き腸《はらわた》　蕪村
五里に一舎かしこき使者を労《ねぎらひ》て　〃
　茶に疎《うと》からぬ浅ら井の水　几董
すみれ啄《は》む雀の親に物呉《くれ》ん　〃

と、夏と冬の発句で始まる二つの歌仙ですが、手紙のやりとりで時間をかけ推敲を尽くした作品で、しかも通常は表六句にタブーとされる妖怪（へんぐゑ＝変化）なども躊躇なく詠み、いかにも狐狸妖怪好みの蕪村らしい歌仙であることはもとより、蕪村の序文が面白いので次にご紹介しておきます。

春なつかしく畳紙《でふし》とり出《い》で　　蕪村

（以下三十句省略）

いつのほどにかありけん、四時《しいじ》四まきの歌仙あり、春秋は失せぬ、夏冬は残りぬ。一人請《いちにんこひ》て木に彫《ゑ》らんといふ、壹人《いちにん》制して曰《いふ》、此《この》歌仙ありてやゝ年月を経たり、おそらくは流行におくれたらん、余笑《わらひ》て曰、夫《それ》俳諧の闊達なるや、実に流行有りて実に流行無し、たとはば一円郭に添《そひ》て、人を追うて走るがごとし、先ンずるもの却《かへつ》て後《おく》れたるものを追ふに似たり、流行の先後何を以てわかつべけんや、たゞ日々におのれが胸懐をうつし出《いで》て、けふの俳諧にして翌《あす》は又あすの俳諧也、題してもゝすもゝと云へ。回《めぐ》りよめどもはしなし、是此《これこの》集の大意なり。

かつて四時（春夏秋冬）の四巻があったというのは真っ赤な嘘で、最初から夏（牡丹）と冬

（冬木立）の二巻のみで巻かれたのです。我々が復興をめざす蕉風俳諧を古めかしく流行に遅れていると世間は批判するかも知れないが、そもそも流行とは、一つの丸い大きな建物の周囲を巡って駆けっこをするようなもので、先頭を走っているつもりがいつの間にか人の後ろに蹤《つ》いていたり、人後に落ちていた筈がトップランナーになっていたりもするのだ、何を以て先後を分かつべけんや、と蕪村は説くのです。松尾芭蕉の「不易流行」論を蕪村なりに敷衍《ふえん》したものでしょう。そして、タイトルをあえて「ももすもも」と回文仕立てにしたのも、不易流行についての自分の考えを象徴させるためなのだ、と言うのです。

（41） 序破急

蕪村の連句　その十

ダイアローグ（対話）の詩でもある連句は、ときに劇詩の様相を見せます。あるいはエイゼンシュテイン映画のモンタージュ理論にも似た手法が援用されることもしばしばです。以前、松尾芭蕉の「冬の日」歌仙を、現代のアニメ作家たちの共同制作で、モンタージュふうの映像作品に仕上げたフィルムが話題を集めたこともありました。

それかあらぬか連句作品の構成には、舞楽や能楽のドラマツルギー（劇理論）がそのまま適用されました。例えば序破急の理念です。一巻の進行が一本調子だと変化に乏しくドラマ性が稀薄になり、逆に最初から波瀾万丈の展開をみせると作品が尻すぼみに終わってしまうという懸念から、序破急の理念にもとづく作品構成が求められました。歌仙形式を例にとれば初折表六句が序破急の「序」にあたり、表六句では「神祇、釈教、恋、無常」など劇的な言葉や場景を出すことはタブーとされます。魑魅魍魎《ちみもうりょう》、固有名詞、羇旅《きりょ》なども、発句を除き表六句に出さないものとされます。その中で羇旅については、芭蕉や蕪村の時代の旅行こそ非日常的で、ときに命懸けの営為だったものの、現代の旅は日常的かつレジャー化してしまったので、必ずしも表六句の禁忌にあたらなくなったと考えられます。カタカナ語の禁忌などと共に、時代の変化にともなって式目も見直されるべきなのでしょう。

ただし神や仏、鬼や妖怪、地名人名、恋の句などは、序破急の「破」つまり初折裏に至ってからようやく出すのを許されるという暗黙のルールは、現代連句でもかなり忠実に守られています。しかるに、狐狸妖怪趣味や無類の歴史好きで、『雨月物語』の作者上田秋成や幽霊画の円山応挙などと親交のあった蕪村の連句では、あえてタブー無視の付合もしばしば見受けられます。例をあげれば、

「薄見つ」の巻（「此《この》ほとり」）の、表六句、

薄《すすき》見つ萩やなからん此辺《このほと》り　　蕪村
　風より起るあきの夕べに　　樗良
舟たえて宿とるのみの二日月　　几董
　紀行の模様一歩一変　　嵐山
貫之が娘をさなき頃なれや　　良

半蔀《はじとみ》おもく雨のふれゝば　　村

（以下略）

「牡丹散《ちり》て」の巻（「桃李《ももすもも》」）の、表六句、

牡丹散《ちり》て打かさなりぬ二三片　　蕪村
卯《う》月《づき》廿《はつ》日《か》のあり明のかげ　　几董
すはぶきて翁や門をひらくらん　　〃
聟のえらびに来つるへんぐゑ　　村
としふりし街《ちまた》の榎斧入りて　　〃
百里の陸《くが》地とまりさだめず　　董

（以下略）

などの、「紀行（旅）の模様」とか、「貫之（固有名詞）の娘」、あるいは「聟（恋）」「へんぐゑ＝変化（魑魅魍魎）」などは、現代連句のルールに照しても、表六句には絶対にタブーの言葉ですが、蕪村たちは一切承知の上で易々と使っています。たぶん、序破急の「破」にあたる初折裏や名残の折に至って、より劇的な場面を演出すれば、作品のバランスを崩すことも、尻すぼみになることも無いと確信してのルール無視だったのだろうと考えられます。

ついでに言えば、序破急の「急」は、歌仙では名残折の裏にあたると考えられています。序から破へと、造化（自然）の変化や人事百般の描写を尽くしてきて、劇詩としての連句は、名残の折裏に至って、芝居の構成と同じく大団円を迎えるというわけです。

(42) 猫も杓子も

蕪村の連句 その十一

前回、与謝蕪村の交友関係がきわめて広く、上田秋成や円山応挙とも親しかったことをご紹介しましたが、その証左を示す一幅の絵があります。蕪村と応挙のコラボによる戯画で、広島県廿日市市の海の見える杜《もり》美術館に所蔵されている珍品の絵ですが、手拭を頭にのせた猫と浴衣を着た杓子が連れ立って踊り呆ける図柄に「爺《ぢい》も婆《ばば》も猫も杓子《しやくし》も踊りかな」という句を添えたもので、さらに「猫は応挙子《おうきよし》が戯墨《ぎぼく》也、しやくしは蕪村が酔画《すいぐわ》也」と添え書きされています。

江戸古川柳のアンソロジー『誹諧武玉川』を解説した田辺聖子著『武玉《むたま》川・とくとく清水』(岩波新書)の一節に、

手拭《てぬぐひ》うせて猫もなくなる

これ、いかにもお江戸らしくて私の好きな句である。「猫もなくなる」は、猫もいなくなった、ということである。江戸では飼猫が、そのうちの手拭かけにかけてある手拭を取って

猫は応挙子《おうきよし》が戯墨也《ぎぼくなり》／しやくしは蕪村が酔画也《すいぐわなり》／ぢいもばゞも猫もしやくしも踊りかな―蕪村賛

「猫も杓子も…」蕪村と応挙の合作（海の見える杜美術館所蔵）

あたまにのせ、猫だけの盆おどりへ出かけると信じられていた。キャッツパーティである。

とあり、まさしく蕪村たちの戯画に描かれた情景と符合しています。T・S・エリオット原作のミュージカル『キャッツ』の猫たちの夜会には、さすがに手拭で頬被りした猫は登場しませんでしたが…。

『武玉川』などいわゆる古川柳については別の機会に詳しくご紹介しますが、芭蕉や蕪村と同時代に大流行した連句の一種「前句付《まえくづけ》」によるもので、まさに猫も杓子も、和尚も小僧も、武士も町人も、巷間こぞって熱中した国民文芸です。歴史上、連句文芸が最も隆盛をきわめた社会現象だったと言えます。

猫も杓子も、和尚も小僧も、連句に勤《いそ》しんだ例を一つ紹介します。芭蕉と同時代の元禄期『軽口本集』（岩波文庫）からの引用です。

物忌《いま》ひする坊主の事

ある寺の住持に、とつと物いまひ（験担《げんかつ》ぎ）するありけり。大晦日《つごもり》に小僧を呼びて、「あすは何事も粗相をいふな」と言付けられた。さて元日《ぐわんにち》の朝、小僧、囲炉裏《ゐろり》の火を吹くとて、灰を吹きたて御坊《ごぼう》のあたまくだしにかかりければ、もつての外《ほか》に気にかけられ、めでたく取直さでは悪《あ》しかるべしと思ひ、「やい小僧、一句したほどに、めでたく祝へ」とて、

小僧こそ福ふき懸けるけふの春

「何でもめでたいぞ」とてよろこばれければ、小僧、「私《わたくし》、付けませう」とて、

お住持様の灰にならしやる

と付けたれば、ぎやうさん気にかけられた。

という一笑話ですが、連句文芸がいかに庶民の間に広まっていたか理解できると思います。

(43) 芦の陰　蕪村と大魯

与謝蕪村よりほぼ十三歳年下の愛弟子の一人吉分大魯《よしわけたいろ》について少し述べておきます。私と同郷人の大魯は元徳島藩士、二百石扶持の新蔵奉行の職にありました。現代に当てはめると徳島県の役人・財務係長といったところでしょうか。ところが、妻子のある身ながら、大坂の阿波藩蔵屋敷勤務の折に遊女との駆落ち事件を引き起こして藩を致仕、二百石を棒に振ってしまいます。もともと大好きだった俳諧で身を立てる志を抱いて上京、後に大坂へ移り、それまでの俳号「月下庵馬南」を排して「大魯」（大いなる愚者の意）と改め草庵・蘆陰舎《ろいんしゃ》を結ぶ一方、蕪村の夜半亭に入門します。庵名を「蘆陰舎」としたのは、

難波《なには》がたみじかきあしのふしのまもあはで此《この》よを過《すぐ》してよとや　　伊勢（「新古今和歌集」）

のように、蘆が浪速（大坂）を象徴する植物だからでしょうか、大魯が心機一転、浪速に骨を埋《うず》めずんば非ずの気概をもって臨《のぞ》んだことが窺えます。蕪村も高井几董宛ての書簡に「馬南（大魯）は俳諧をよく知る男」と評するほど信頼を置きましたし、とりわけ几董とは肝胆相照す仲となり、その関係は、後年、大魯が京都に客死するまで変わらず続きます。蕉風俳諧の復興をめざした蕪村七部集の一つ『あけがらす』は几董と大魯のコラボで編纂されますが、その巻頭を飾る几董と大魯（馬南）の両吟歌仙の冒頭は次のとおりです。

　ほととぎす古き夜明のけしき哉　　几董
　　橘にほふ窓の南《みんなみ》　　馬南
　貴人より精米一俵たまはりて　　〃
　　秋は来れども筆無精なり　　董
　残る蚊に葉柴ふすべる月の夕　　〃
　　木槿の垣の隣したしき　　馬南
　　　（ウラ以下三十句省略）

几董の序文によると、西日本を行脚して帰洛した馬南（大魯）を自邸に迎えた几董との二人が夜を徹して俳諧談義を尽くし、暁闇にホトトギスの初音《はつね》を聴いて忽然と悟るところがあり、両吟歌仙を首尾して師の蕪村に校閲を願い出版を許された、と述べられています。

かくのごとく蕪村や几董の支援のもと、蘆陰舎の経営も順調に進捗しているかにみえたのですが、武家出身というプライドのせいか、あるいはもともと狷介な性格がわざわいしたか大坂の門人たちと悶着《トラブル》を起こし、蕪村の必死な仲裁がありながら支援者を頼って兵庫へ拠点を移します。その頃詠んだ自嘲的な句で「妻児の漂泊ことに悲し」と詞書《ことばがき》した、

我にあまる罪や妻子を蚊の喰《くら》ふ　大魯

が残されています。晩年はとかく不運不如意で病いも得て、療養のために京都の几董を頼り、結局、几董邸で養生中に病没しました。蕪村に五年ほど先立つ死で、その墓は洛東詩仙堂の近く金福寺境内、蕪村の墓に傅《かしず》くように建っています。

大魯の生涯は否運続きでしたが、その詩才を師の蕪村が惜しんだのもさることながら、同郷人の私としても看過しがたいところがあります。

父親と共に漂泊した先妻との次男禎吉（後の吉分春魯《しゅんろ》）は、無頼な父親とは違ってなかなかの孝行息子で、家計を扶ける意味もあったか、神戸の三宮《さんのみや》神社に奉仕し、後に禰宜を務めたのは、わずかな救いです。

蕪村と大魯（下）の墓、京都左京区金福《こんぷく》寺

(44) 前句付　古川柳は連句だった

江戸期、松尾芭蕉や与謝蕪村あるいは小林一茶とまったく同時代に、連句文芸は、その一形態（短連歌）である前句付《まえくづけ》の大盛行で、いよいよ国民文芸の様相を呈します。「前句付」を『広辞苑』に当たってみると、

七七の短句に五七五の長句を付ける俳諧の一分野。例えば「斬りたくもあり斬りたくもなし」に「盗人《ぬすびと》を捕へてみればわが子なり」と付ける。元禄頃から庶民間に大流行。のちの川柳はこれを母胎とする。

と解説されています。

寺社などを舞台に、前句を掲示し、懸賞付きで付句を募集するイヴェントがもてはやされ、人気の点者（選考担当者）も現れます。中で最も名声を馳せたのが柄井川柳《からいせんりゅう》（1718〜1790）。その評点（合点《がってん》）や選句は「川柳点」と呼ばれ、後世のいわゆる「川柳」の語源となりました。

柄井川柳は初代から五世まで続き、その間に高点を得た句を集めて、柄井川柳の門人呉陵軒《ごりょうけん》可有《あるべし》らが編集した古川柳アンソロジー『誹風柳多留《はいふうやなぎだる》』が刊行されますが、およそ七十有余年間に一六七冊も出版されていて、その盛行ぶりが知られます。編集の中心になった呉陵軒可有は前句付投句の常連で、毎度賞品をかっ攫《さら》って羨望の的になり、そのつど「御了見、御了見（御免、御免）」と言い訳したことが俳号の由来になったとか。

江戸時代、それほどにも大衆の支持を得た連句文芸が、残念ながら現代は衰退をきわめているわけですが、それでも、いわゆる付合のＤＮＡは多くの日本人に伝わっていると思われます。というのも、一九九四年、日本人初の女性宇宙飛行士向井千秋さんがスペースシャトルから呼び掛けて、付句を募集したことはまだ記憶に新しいでしょうか。

宙返り何度もできる無重力　　向井千秋

という前句を提示して付句を募集したところ、十四万五千句もの短句（七七）が集まったそうです。その中から、向井千秋賞として、

湯船でくるりわが子の宇宙
水の毬《まり》つきできたらいいな

などの句が選ばれたと当時の新聞が報じていました。

江戸時代、前句付の盛行をもたらしたキー・パーソンといえば、柄井川柳のほかにもう一人、松尾芭蕉没年の翌年（元禄八年・一六九五年）に生まれ、与謝蕪村と同時代に活躍した俳諧師慶紀逸《けいきいつ》がいます。紀逸は、前句付万句合《あわせ》の中から選抜した高点句を編んで『誹諧武玉川《はいかいむたまがは》』を上梓しますが、編集のコンセプトは、序文に「右付合の句々その前句を添へ侍るべきところを、事繁《しげ》ければ、これを略す」と述べられるとおり、本来なら前句と抱き合わせで収録すべき付句を、煩雑を理由に前句は省略し、付句のみ収録したところにあります。つまり、前句の前提がなくとも、付句だけで十分自立する句のみを選んだことを意味します。前句付といえども、付句の一句一句に独立性が求められたのは、蕉風俳諧に謂う「匂付《においづけ》」の精神にも共通するところですが、ともあれその編集方針が好評を博し、『武玉川』は初代慶紀逸から二世慶紀逸に至る間に十八篇も続刊されました。

後続する『誹風柳多留』も『武玉川』の編集方針を踏襲し、序文に「一句にて句意のわかり易きを挙《あげ》て一帖《でふ》となしぬ」とあるとおり、出題された前句を省略し、付句だけで十分観賞に耐え得る句のみを選抜しています、

但しその大衆化と引換えに連句（俳諧）は文学の香気を失い通俗に堕して、後世の明治期、正岡子規の俳諧革新の対象になりました。

（45）親のない雀　小林一茶の連句

小林一茶の名を知ったのは、私が幼稚園児の時でした。歴史上の人物で幼児向け絵本などに登場するのは、禅僧で頓智の一休宗純、画僧の雪舟等楊、そして俳人の小林一茶などが定番だったでしょうか。地方都市のとある幼稚園の学芸会で、一茶を主人公とする舞踊劇が演じられ、美少年の噂も高かった幼馴染みのMクンと町の老舗のT呉服店の嬢《いと》さんがペアで主役を張った舞台を、半ば羨ましい気分で指を銜《くわ》えて観ていた記憶があります。

♬一茶の小父《をぢ》さん、一茶の小父さん
あなたの生《うま》れはどこですか？
はいはい、わたしの生れは喃《なう》
信州信濃の山奥の

そのまた奥の一軒家
雀とお話してたのぢや
♬一茶の小父さん　一茶の小父さん
あなたのお歌を聞かせてね
それでは歌つてみせうか喃
わたしが小さい時ぢやつた
背戸の畑でひとりきり
母様《かあ》思うて詠《よ》んだうた
　我と来て遊べや親のない雀

という歌詞や科白《せりふ》を、学芸会に出番がなかったのにもかかわらずよく覚えています。
かくのごとく片田舎の幼児が口の端にするほどにも人気のあった一茶の、例えば、

　雀の子そこ退《の》けそこ退け御馬がとほる
　痩せ蛙負けるな一茶これにあり
　名月をとつてくれろと泣子《なくこ》哉

などの、人口に膾炙した発句ほどには、二百数十余巻が遺されている一茶の連句は世に知られていないようです。

一茶は宝暦十三年（一七六三年）、信州柏原《かしわばら》（現長野県上水内郡信濃町）のやや裕福な農家の長男として生まれますが、三歳で生母と死別。父親が再婚して継母に弟が生まれたため、継母との間に軋轢が絶えず、十五歳の時、江戸へ奉公に出され、当時、商人階層に盛んだった俳諧に、自然になじむことになったようです。わけても、一茶より十三歳年上で、公儀御用達の札差を家業とした井筒屋八郎右衛門こと夏目成美《せいび》の知遇を得て、一茶の連句俳諧は飛躍充実します。一茶の作風は貧乏暮らしを売物にする趣もあり、後世の自然主義私小説作家を先取りするごとき風情がありますが、洗練清雅の風流人夏目成美はむしろ、そのような一茶の句風を「貧俳諧」と称《よ》んで珍重し、終生一茶の支援者《パトロン》であり続けたようです。

成美と一茶の両吟歌仙の一節を例示します。

「蛙なく」の巻

蛙《かはづ》なくそば迄《まで》あさる雀かな　　夏目成美
春めくものに門《かど》で薪《き》をわる　　小林一茶

旅人の小雨にかすむ顔見えて　美
かさごの安き浦のおもむき　茶
梯子《はしご》貸す騒ぎも過《すぎ》て小夜《さよ》の月　美
木履《ぼくり》をはけばきりぎりす鳴《なく》　茶
（ウラ以下三十句を省略）

成美の発句は、蛙や雀などの小動物好きな一茶への挨拶でしょうか。表《おもて》のわずか六句に、「蛙」「雀」「かさご（魚）」「きりぎりす」などと生類が頻出する式目違反《ルール》にも一切お構いなく鳥獣戯画めく世界が展開されます。

一茶は、織本花嬌《かきょう》や五十嵐浜藻《はまも》といった当代女流俳諧師たちとも親交があったようですが、詳しくは、俳諧小説というジャンルを創始した別所真紀子氏の小説『上総《かづさ》の空を』や『つらつら椿』を御覧いただきたいものです。

(46) 三河小町　市井の女性俳諧師たち

書き言葉《エクリチュール》を手にした市井の女性俳諧師たちに脚光を当てたのは、松尾芭蕉と愛《まな》弟子越智越人《えつじん》との師弟愛を越える濃密な恩愛を描いた小説「雪はことしも」で第二十一回歴史文学賞を贈られた作家・詩人の別所真紀子女史ですが、別所さんが創始した〝俳諧小説〟では、ほかにも、例えば芭蕉の女弟子で野沢凡兆の妻羽紅尼《うこう》や、小林一茶と親しかった織本花嬌《かきょう》、五十嵐浜藻《はまも》などの女性俳諧師たちの姿が、とりわけいきいきと描かれます。しかも、彼女たち女性俳諧師に冠せられる「市井の」という言葉に深い意味があるかと思われます。単に書き言葉を手にした女性ということならば、平安時代まで溯って、紫式部や清少納言を持ち出すまでもなく、文学史上に活躍した才媛たちは枚挙にいとまがありません。政治・経済・文化の中心が貴族社会から武家社会へ、さらに江戸時代の町人社会へシフトして、前句付を含む連歌俳諧がまさに国民文芸となった時代背景の中で、書き言葉《エクリチュール》を手にした女性俳諧師が輩出したことの意義に着目したのが、前述別所真紀子さんの俳諧小説の数々です。

その別所さんが格別に称揚するのは、元禄十五年（一七〇二年）、芭蕉の門人三河の太田白雪撰により刊行された『三河小町』と、文化七年（一八一〇年）、一茶の俳諧連衆五十嵐浜藻《はまも》編で刊行された『八重山吹』で、いずれも市井の女性俳諧師たちの句々が重点的に取り扱われています。

『三河小町』については私の場合も、既に閉店した神戸の老舗G古書肆で、本に手招きされているような錯覚のもと、大正十四年刊の復刻本（神戸市上筒井通なつめや書店内、蕉門珍書百種刊行会発行）に出会い、貧しいわが書架の片隅に納まっています。その内容を簡単に説明しますと、芭蕉より十七歳年下の門人で、小野小町伝説が残る三河国南設楽郡新城町《しんしろ》（現愛知県新城市）の庄屋・太田金左衛門白雪が編み、上下巻の構成になっていて、上巻は芭蕉や凡兆あるいは撰者白雪の幼い子息桃先・桃後兄弟（桃先、桃後の俳号は芭蕉の命名になる）など蕉門の有名無名の作者の句が蒐《あつ》められていますが、下巻は女性が大半を占めるアンソロジーになっているのが特徴です。榎並舎羅《しゃら》の序文によると、かつての選集は俊成卿定家卿等やんごとない人によるばかりで庶民の句や歌を集めた例は『万葉集』は別としても少なかったが、「…三河の国白雪がつぶつぶと書き集めたるものあり、みつわのをみなの心ざしより白拍子あるひは七八才の童の言ひ出《いだ》せる言の葉を見および聞きおよびてすずろに拾ひ、小町の幸を得て、それに倣《なら》へこれに物書けと言へりければ頷くことはやし止むこと又はやし」と記されていて、例えば、

忍び路やさゝやきつれて初霞　よし岡
夕かすみ薪《まき》四五束のたより哉　花紫
うつくしき数も小《ちひ》さし梅ほうし　大くら

などの作者は吉原の妓女だそうです。

そして集中目を引くのは何といっても、

いまいくつ寝たらぱ父様《とさま》羽《はね》つくぞ　大坂八才　はる

という無名の少女の可憐な句でしょうか。ほかにも年若い女性とおぼしい、

名月の花野のかげや仮名さうし　青松
煤はきや見たけてせはし折手本　るい

などの句々も散見され、別所真紀子さんが言挙げされた〝書き言葉《エクリチュール》を手にした市井の女性たち〟を象徴しているかとも思われます。

㈷ 連俳非文学論

連句と子規　その一

前句付の大流行など十九世紀以前のわが国では連句文芸が和歌よりも漢詩よりも大衆に愛好され、まさしく国民文芸の様相を呈したことをご紹介してきましたが、その大衆化と引換えに連句は通俗に堕し、文学の香気を失っていきます。それを真っ先に指弾したのが、明治のラディカリスト正岡子規でした。明治二十六年（一八九三年）、当時二十七歳の子規が新聞『日本』に連載中の「芭蕉雑談《ざふたん》」で論及した世に謂《い》う〝連俳非文学論〟の一節は次のようです。

ある人曰《いは》く俳諧の正味は俳諧連歌に在り、発句は則《すなは》ち其の一小部分のみ。故《ゆゑ》に芭蕉を論ずるは発句に於《お》いてせずして連俳（連句）に於てせざるべからず。芭蕉も亦自ら発句を以て誇らず連俳を以て誇りしに非《あら》ずやと。

答へて曰く発句は文学なり。連俳は文学に非ず。故に論ぜざるのみ。連俳固《もと》より文学の分子を有せざるに非ずといへども文学以外の分子をも併有するなり。而して其の文学の分子のみを論ぜんには発句を以て足れりとなす。

ある人又曰く文学以外の分子とは何ぞ。

答へて曰く連俳に貴ぶ所は変化なり。変化は則ち文学以外の分子なり。蓋《けだ》し此《この》変化なる者は終始一貫せる秩序と統一との間に変化する者に非ずして全く前後相串聯《くわんれん》せざる急遽倏忽《しゆくこつ》の変化なればなり。例へば歌仙行は三十六首の俳諧歌を並べたると異ならずして唯両首の間に同一の上半句若しくは下半句を有するのみ。（以下略）

〝ある人〟とは、どうやら連句擁護論者でもあった高濱虚子をさすようですが、〝ある人〟の言う「芭蕉も自ら連俳（連句）を以て誇りしに非ずや」というくだりは、連句茶話(22)「対話する詩」でもご紹介した芭蕉の門人森川許六《きょりく》の記録になる『宇陀法師《うだのはうし》』の芭蕉の言葉「発句は門人の中、予に劣らぬ句する人多し、俳諧においては老翁が骨髄」をさしていると思われます。芭蕉は連句の本質であり理念の柱でもある〝対話〟を重んずる詩人でした。ここで、「対話する詩」でご紹介した連句の連句たる三つの要因を思い起こしていただきたいのですが、

①連句は対話する詩である。

②連句は変化する詩である。

③連句は虚構の詩である。

しかるに子規は、その〝連俳非文学論〟で、連句のこの三つの要因を三つながらに否定するのです。

連句の要因その一、対話について子規は、発句は文学として自立し得るが、脇句以下のいわゆる付合（対話）は文学に非ずと否定します。見方を変えれば子規の論旨は、自我の自立と表現を優先する近代の文芸観全般と見事に照応するとも言えます。

その二、変化についても、連句を非文学的とする理由の第一に挙げたのが、連句が首尾一貫する主題と秩序を持たず、脈絡のないままに変化する（「終始一貫せる秩序と統一の間に変化する者に非ずして前後相串聯《くわんれん》せざる急遽倏忽《しゆくこつ》の変化なればなり」）と見た点でしょう。ところが変化する（転じる）ことこそ連句の最大理念。連句は他の詩歌、抒情詩や叙事詩と異なって、言葉による小宇宙、ミクロコスモスの構築を目的とする文芸だから、必然的に変化が求められたのでした。

その三、虚構についても、子規は写生主義を標榜し、想像よりも写実を優先します。しかし子規と連句の名誉のために急いで付け加えますが、連俳非文学論からわずか六年後に子規は前言を翻して「連句は面白い」と連句礼讃の発言をします。詳細は次回以降に。

（48）連句礼讃

連句と子規　その二

前回、連句は文学に非《あら》ずと論断した正岡子規の〝連俳非文学論〟（明治二十六年）をご紹介しましたが、連句を非文学的だとする最大の理由は、連句が脈絡無く変化を繰り返すところにあるというのが子規の論旨でした。しかし、たびたび述べてきたとおり、春夏秋冬など大自然の姿と生老病死や愛憎など人間の営みのすべて、すなわち森羅万象を言葉に映しとり、限られた言葉でミクロコスモスを構築する連句文芸にあっては、常に変化する（転じる）ことこそが最大の理念であり、「歌仙行は前後の脈絡も無いまま三十六個の俳諧句を並べたに過ぎない」とする子規の論旨は、子規の誤解か認識不足さもなくば、ためにする誹謗《ひぼう》と言わざるを得ません。半面、発句を独立させて俳句というジャンルを創始することを目的とした子規の高等戦術だったとも考えられます。ともかく子規の〝連俳非文学論〟が以後独り歩きをする趣で、まず俳句作者たちが連句創作から遠難《ざか》り、二十世紀のわずか百年間に、俳句の隆盛に反比例して、かつての国民文芸連句は衰退をきわめていきます。

しかし、子規の高弟高濱虚子が熱心な連句擁護論者であったばかりか、子規自身も連句の研究には深い取組みがあり、〝連俳非文学論〟から六年後の明治三十二年（一八九九年）に刊行された「ほととぎす」第三巻第三号に執筆の随想「俳諧三佳書序」で前言を翻し、連句を礼讃する次のような文章を残しています。

自分は連句といふ者余り好まねば古俳書を見ても連句を読みし事無く又自ら作りし例も甚だ稀である。然るに此等の集にある連句を読めばいたく興に入り感に堪ふるので、終《しまひ》にはこれ程面白い者ならば自分も連句をやつて見たいといふ念が起つて来る。

子規の言う「此等の集」とは芭蕉『猿蓑』、蕪村『續明烏《あけがらす》』同じく『五車反古《ごしやほうぐ》』の三書に所収の連句をさしています。どうやら子規の連句排斥は食わず嫌いだったらしく、かつて小説家をめざしたこともある子規は、連句の背景にある豊かな虚構と物語性にようやく気づくのです。「自分も連句をやってみたい」と述べた子規ですが、実は、それ以前にも度々連句張行に加わっていて、例えば明治三十一年（一八九八年）「ほととぎす」第二巻第二号に発表された虚子との両吟歌仙「荻《をぎ》吹くや」の巻などは、

荻吹くや崩れ初めたる雲の峯　子規
かげたる月の出づる川上　虚子
うそ寒み里は鎖さぬ家もなし　規
（以下三十三句略）

と、第三句を、やや専門的な「もなし留め」にしており、作法についても手慣れた様子がうかがえます。

ところで前述子規の随想「俳諧三佳書序」の連句礼讃のくだりについては、国文学者村松友次博士の研究があり、残された子規の自筆原稿の中で、このくだりだけが欠落しているのだそうです。村松博士はそのことから類推して連句礼讃のくだりは、「ほととぎす」の編集を担当した高濱虚子がそこだけ書き加えたものだろう、と考察しています（村松友次著『夕顔の花―虚子連句論』）。しかし、たとえそうだったとしても、「俳諧三佳書序」は子規存命中に発表された随想で、当然、子規も目を通したはずだから、小説家を志したこともある子規が、晩年、ようやく連句の本質に気づいたもので、「これ程面白い者ならば自分も連句をやってみたい」という言葉は、子規の本音だったと、私は確信しています。

(49) 食わず嫌い？

連句と子規　その三

正岡子規が、一度は「連俳は文学に非ず」と連句を否定しながら、後年、松尾芭蕉や与謝蕪村の連句を読むに及んで前言を翻し「連句は面白い」「自分も連句をやってみたい」と公言した経緯をご紹介しましたが、実は、それ以前から連句に関心を示し、しばしば実作にも加わっていて、例えば明治二十八年、同《おな》い年の作家幸田露伴と付合した記録が残っています。子規没後三十二年を経た昭和九年、露伴が河東碧梧桐のインタヴューに応じた記録ですが、小説家をこころざした子規が、既に名声を確立していた露伴を頼り、つてを求め、自作「月の都」の原稿を売り込みます。出版社に取り次いで欲しいという子規の思惑があったようですが、露伴はあれこれの批評はせず、「月の都」の作中に発句《ほっく》が散見されたので「きみは俳諧が好きなのか？」と問い、子規が「それは好きだ」と答え、それならばということで、露伴旧知の宗匠幸《こう》堂得《どうとく》知《ち》の捌きのもとに脇起《わきおこし》連句をこころみたもので、インタヴューの一部は次のようです。

碧梧桐　それで何でもその時に発句の話が出て……。
露　伴　それは「月の都」の中に句がありましたから、それで、俳諧が好きなのか？　と云ふ話から、それは好きだと云ふので色々話し合つた。その時多分内藤鳴雪か、忘れましたが他の人の噂なども聞きました。
碧梧桐　その時の付合が残つて居りますよ。
露　伴　さうでしたか、何か句がありますか？
碧梧桐　その時分、貴方の俳号は、「把月《はげつ》」と仰言つたのですか？
露　伴　それは色々出鱈目にそんな号を使つたこともありますね。
碧梧桐　蓼太（蕪村と同時代の雪中庵大島蓼太）の句を立句にして、蓼太の句が、

夜咄の傘にあまるや春の雨

把月、つまり貴方が

柳四五本ならぶ川べり

第三句を子規が

のみさした茶を陽炎《かげらふ》にふりまいて

これを幸堂得知さんが

さめた茶を蛙の声にふりかけて
となほされた。
露　伴　はゝあ、想ひ出した。その得知さんと云ふ人は俳諧の方の人で、小説も書いたが、小説は滑稽なものを書いて居りましたけれども、元々俳諧の方で懇意にして居った。俳諧の色々な話をその人から聞いて居つたから、その時分でせう、得知さんが朱をしたのは。
（以下略）〔『子規全集』第十三巻月報から〕

第三句、子規の原案「陽炎」は子規らしいユニークな発想でしたが、いかんせん、発句の「春雨」に天象の打越（前々句への後戻り）という連句最大の禁忌《タブー》を侵すことになり、熟練の捌き手たる得知が、即座に「蛙の声」と一直したのはさすがと思われます。

しかし、つねづね詩歌の革新に情熱を燃やしていたあの子規が、旧派の宗匠幸堂得知に自句の手直しを受けたのです。憮然とした子規の連句食わず嫌いは、おそらくこの挿話《エピソード》に起因するのではないか、と私は考えます。

同年生まれでありながら、連句を深く理解して厖大な「芭蕉七部集評釈」などもある露伴と子規の違いは何か。虚構の小説作りを旨とした作家露伴と、正述心緒歌（ただにおもひをのぶるうた）の詩人子規の違いだったのではないでしょうか。二十世紀の百年間に連句文芸は衰退をきわめますが、幸田露伴や夏目漱石、寺田寅彦、柳田國男ら少数の文人たちによってのみ、連句は細々と命脈を保つことになります。

(50) 獺《うそ》の祭り　連句と子規　その四

俳諧の春の季語に「獺《かはをそ》魚《うを》を祭る」があり、

獺《かはうそ》の祭見て来《こ》よ瀬田の奥　松尾芭蕉

などの作例も見られます。カワウソが獲物の魚を岸に並べる習性を、先祖を祀《まつ》ると見做したものですが、転じて、難解な典籍を机辺に積み上げて、知ったかぶりの引用や衒学的《ペダンティック》な詩文を弄して書き散らすことに例えられました。知ったかぶりについては、この拙文「連句茶話」も、よくよく自戒しなければならないところですが、古くは晩唐の詩人李商隠の詩風がまさしく「獺祭魚《だっさいぎょ》」と称されました。李商隠はまた、中唐の夭折詩人李賀に私淑し、白玉楼の故事など（連句茶話2「夭折詩人李賀の連句」をご参照）の詳述をも含めた李賀の伝記「李賀小伝」を最も早い時期に著《あらわ》したことでも知られます。

正岡子規が自らの庵号を「獺祭書屋主人《だっさいしょおく》」と称したのは、けっしてカワウソが好きだったからではなくむしろ自嘲気味、李商隠の故事に由来するようです。近年、人気が高騰している山口県の銘酒「獺祭《だっさい》」が、果たして子規や李商隠に関係するのか否かは寡聞にして存じませんが……。

文学史上、初めて〝鬼才〟の名を冠せられた李賀にしろ、〝獺祭魚〟と称された李商隠にしろ、想像力とその博識ぶりを駆使して詩を書いた詩人の代表格であり、空想を排し、写生主義を標榜した子規の好みとは相反するようにも感じられますが、李商隠に自らをなぞらえるところなど、改革者としての子規は、よほど懐の深い人だったのでしょう。

ところで子規と、後継者高濱虚子との間に交わされた〝夕顔論争〟というのがあるのでご紹介しておきます。（村松友次著『夕顔の花』）

文芸誌「ほととぎす」（後に「ホトトギス」と改称）を創刊主宰した子規が、自らの病身を慮って早い時期に後継者を定めておきたいと願ったものの、河東碧梧桐か高濱虚子かと迷った挙句、結局、虚子を選ぶのですが、最初、虚子は、自分はその任にあらずと固辞するのです。

どうやらその裏には、子規と虚子の文学観の違いもあったようなのです。

あるとき子規と虚子が東京道灌山を散策して茶店に休んだ折に、ようやく日も暮れなずみ、崖下に咲きはじめた夕顔を見て、まず子規が「夕顔について自分は今まで源氏物語など歴史的印象による空想的な句作りのみをしてきたが、今、実際にこうして夕顔の花を見ると、空想的な感じは全く消え失せて、新しい写生的な興味に頭を占められる。」と述懐するのですが、子規の考えに対して虚子は異を唱えます。虚子は「せっかく古人がこの花に対して付与してきた種々の豊かな空想を捨て去るということは、例えば名所旧跡等から受ける歴史的空想的な感興を否定して、実際の風景だけを論ずるようなもの。夕顔の花の美しさも同じことで、源氏物語以来の、古人の詩歌、事績、その他種々の連想が加わってこそ、夕顔に象徴される文芸の興味も重層的かつ濃艶になるはずだ。」と反論するのです。

この道灌山における〝夕顔論争〟に、子規と虚子の文芸観の違い、ひいては連句文芸に対する好悪の濃淡がよく現れているようにも思われます。

高濱虚子は早くからの連句擁護論者でしたが、子規が「連句は文学に非ず」と論断したこともあって、子規存命中は、連句を強力に支援することは控えていました。子規没後は、機会あるごとに連句礼讃の文章を発表するばかりではなく、子息の高濱年尾《としを》（俳人稲畑汀子氏の御父君）と共に連句研究誌『誹諧《はいかい》』を発行するなど、連句張行にもたびたび参加し、連句の普及に意を尽くしています。

（51）　立子へ　連句と虚子　その一

正岡子規の〝連俳非文学論〟（「芭蕉雑談《ぞうたん》」明治二十六年）で、性急な子規の論旨に異を唱えた〝ある人〟の存在はやはり気になります。

ある人曰く俳諧の正味は俳諧連歌に任り、発句は則《すなは》ち其の一小部分のみ。故《ゆゑ》に芭蕉を論ずるは発句に於《おい》てせずして連俳（連句）に於てせざるべからず。芭蕉も亦《また》自ら発句を以て誇らず連俳を以て誇りしに非《あら》ずやと。

松尾芭蕉自身が発句ではなく連句をこそ誇りにしたではないか、という言及は、芭蕉の門人森川許六《きょりく》が記録した『宇陀法師《うだのほうし》』の中の芭蕉の言葉「発句は門人の中、予に劣らぬ句する人多し、俳諧においては老翁が骨髄。」を指しています。対話を重んじた芭蕉は、数々の発句よりも連句の付合こそが自分の本領なのだと広言します。その芭蕉の心情と連句の本質をよく理解していた〝ある人〟とは、高濱虚子にほかならぬことは明白でしょう。もっとも、子規が「連句は文学に非ず」と大見得を切った以上、子規存命中に虚子が論駁を加えることはありませんでした。しかし虚子は子規没後の明治三十七年九月、『ホトトギス』誌に長文の「連句論」を執筆して連句の概要を解説したのをはじめ、機会あるごとに連句を擁護するようになります。例えば昭和十五年の「連句礼讃」の一節は次の通りです。

芭蕉（文学）の中心になつてゐる俳諧即ち後に謂ふ所の連句は、我国の文学史上に於ける輝いたる存在である。芭蕉自身も、俳句は弟子達にかなはないが、連句に於ては決して負けはしない、といふ自信のある言葉を吐いて居るが正に其通りである。芭蕉の業績を知らうと思へば是非この連句を研究する必要がある。

また後年、子息の高濱年尾を主宰とする連句研究誌『誹諧《はいかい》』を創刊します。その前の昭和五年、二女の星野立子に教唆して女流俳人育成のための俳誌『玉藻』が発刊されるようになると、「立子へ」と題する書簡形式のコラムを毎号寄稿して指導に意を注ぎますが、昭和十七年一月の『玉藻』には次のように訓示しています。

「連句の研究を始めたらよからう」

兄さん（高濱年尾）などといつしよに連句の研究を始めてもう五、六年になるが、お前たちもたとひ連句を作ることにはたづさはらないにしても、連句の研究は一と通りして置く方がよからうと思ふ。それはお前たちに勧むるばかりではなく全俳壇の人に勧めたいことである。連句といふものを知るとその発句——一番初めの句のことで今日では俳句と言つてをるところのもの、——といふものの性質が最も明白に判つてくるのである。今日では発句といふものと他の句——俳諧（連句）の第二句以下の句（平句《ひら》）——の区別が混雑して来てをるのである。これは俳句の発達とも言へるのではあるが、しかしながら発句本来の性質を考へてみると往々にして思ひ半ばに過ぎるものがあるのである。何にせよ芭蕉、蕪村などの俳諧を研究して置く必要は大《おほ》いにあると思ふ。

改革者子規の理念のもとに、せっかく連句の第一句、発句が「俳句」というジャンルとして独立して以来数十年、ようやく隆盛をきわめる一方で、平《ひら》句まがいの安易な俳句が横行するようになった現象を、虚子が真剣に憂える様子が窺えます。

(52) 花鳥諷詠

連句と虚子　その二

花鳥風月や雪月花といえば、古来、日本人の美意識を代表する概念でしょうか。

一九六八年、ノーベル文学賞を贈られた川端康成の受賞記念講演「美しい日本の私」の冒頭に紹介されている越前永平寺の祖師道元の偈《げ》は、「本来ノ面目」と詞書《ことばがき》された、

春は花夏ほととぎす秋は月
冬雪さえて冷《すず》しかりけり　　道元

という歌ですが、E・G・サイデンステッカーの英訳で「本来ノ面目」は「Innate Spirit」とされているように、ごく常凡の現象の中にこそ物事の本質が存在することを示していると思われます。半面、花鳥風月などと言えば陳腐なものの代名詞のように思われ、近代詩人たちから

は必要以上に疎外されてきた嫌いも無きにあらずです。例えばプロレタリア派詩人の中野重治は「おまえは歌うな／おまえは赤ままの花やとんぼの羽根を歌うな／風のささやきや女の髪の毛の匂いを歌うな…」と湿潤な抒情を排斥しています。

しかし、花鳥風月を愛《め》でる精神こそ、近年高まりつつあるエコロジー（自然保護運動）そのものではないでしょうか。花鳥風月を疎んじることこそ環境破壊の元凶と言えるのかも知れません。

一方、「雪月花」の方は、十一世紀初頭に編纂された『和漢朗詠集』（藤原公任撰）の白居易の詩句、

琴《きん》詩《し》酒《しゆ》の友皆我を抛《なげう》つ
雪《せつ》月《ぐゑつ》花《くわ》の時に最も君を憶《おも》ふ　白《はく》

（かつて音楽や詩や酒を楽しんだ友皆が散り散りに去ってしまった
雪や月や花の時節にこそ君を憶い出す　白楽天）

に由来するでしょう。

子規の詩歌革新を継承した虚子は、しかし子規とは一線を画して良き伝統は重んじ、連句の価値を認めるばかりか、忘れ去られつつある連句の復権をさえ画策します。二女星野立子を教

唆して創刊せしめた女流俳人育成のための俳誌『玉藻』に、昭和七年に寄稿したコラム「花鳥風月の革命は出来ぬ」に、次のような一節があります。(『立子へ抄』岩波文庫)

考えて見ると一篇の小説でもその影響する所は計るべからざるものがある。文芸の勢力はそういう点からいつて恐ろしいものがある。

人間社会のことはその通りである。が、一度《ひとたび》去つて天然の上に移るとがらりと変つてをる。花鳥風月の類は如何《いか》に讃美しても呪詛してもそれは依然として、もとの通りの花鳥風月である。社会を革命しようとしてもそれは駄目である。其処に自然の静かさがある。

花鳥諷詠の俳句はその時代の思想に煩はさるることなく超然として世塵の外に立つてゐる。

また昭和九年のコラム「年悪し」では、

春夏秋冬と名づけられる処の四時の循環が規則正しく行はれて居るその天然の現象の前に人間は殆どその現象の価値を知らずに生活をして居る者が多いのであるが、これもまた自然の力の極めて大きな現れであつて、微力なる人間は唯その前に慴伏《せうふく》して居るばかりである。自然界の現象を讃美し花鳥を諷詠して居る私たちにあつてはまた敬虔な心を以てこの自然の大偉力の前に跪《ひざま》づくものである。

と述べられますが、ここに至ってかつて松尾芭蕉の説いた「不易流行」論の蘇りさえもが見て取れます。

(53) 文人たちの連句

正岡子規の「連俳非文学論」が独り歩きして、十九世紀末まであれほど隆盛を極めた連句文芸が衰退し、まず俳人たちが連句を敬遠する中で、高濱虚子は何とか軌道修正したいと努力するものの、二十世紀の文学趨勢は連句に再び荷担することなく過ぎます。虚子の思惑とは裏腹に、「連句をやると俳句が下手になる。」などの風説までがまことしやかに流される始末でした。虚子の門人で例えば精鋭の4Sの中でも虚子の志を汲んで連句普及に真面目に努めたのは阿波野青畝《せいほ》一人でしょう。それでも、連句の豊かな虚構性を愛《め》でて、想像力の灯を守り続けたのは、写生主義の俳人たちではなく、虚構《フィクション》作りを旨とする作家文人たち、幸田露伴、夏目漱石、寺田寅彦、柳田國男、折口信夫《しのぶ》などでした。

漱石や柳田國男らの連句創作の一端を紹介しておきます。まず、虚子、坂本四方太《しほうだ》、漱石による三吟歌仙の一部、名残裏の六句を。

ナウ　発句《ほっく》にて恋する術《すべ》も無かりけり　虚子
　妹の婿に家を譲りて　四方太
和歌山で敵《かたき》に遇ひぬ年の暮　漱石
　助太刀に立つ魚《とと》屋五郎兵衛　虚
鷹の羽の幕打渡す花の下　四
挙句　酒をそゝげば燃ゆる陽炎《かげらふ》　漱

右の漱石の挙句は連句茶話（49）で紹介した子規と露伴の付合の中の手直しされた子規の句、
　飲みさした茶を陽炎にふりまいて
が意識されているかと思われます。
次に柳田國男と折口信夫の両吟歌仙の表《おもて》六句。柳田の俳号は柳叟《りうそう》、折口は釈沼空《てうくう》です。

白梅の白に負けたり乾し大根《だいこ》　柳叟
　霞むもいまだ新道の末　沼空
波を聴く浦曲《うらわ》の窓に身をよせて　柳

やゝ半日を汽車にゆらるゝ　空
市の立つ町のはづれの夕月夜　柳
秋をしまうてはづむ鼻うた　空
（以下三十句略）

夏目漱石に師事した小宮豊隆（ドイツ文学者）や寺田寅彦（物理学者）なども連句に熱心でした。

鎖《とざ》したれど流石《さすが》に春や通り町　小宮蓬里雨
天水桶に浮ぶ輪飾り　寺田寅日子
二の替《かはり》切りの芸題《げだい》を搗《つき》かへて　松根東洋城
閑《ひま》なからだを浸かる温泉　雨
門付にもの言ひかくる楼の月　寅
きらりと草に置きあます露　城
（以下略）

写生を第一義とする俳句と違って、知識や想像力を駆使して創作にあたる連句文芸は、むしろ作家たちの得意とするところなのかも知れません。しかしまた、不断の観察・観照や写生の鍛練によってこそ良き想像力も発揮されるというものでしょう。それかあらぬか昭和期に入っても作家たちの連句熱は続きます。一例として石川淳（夷齋）、丸谷才一らの三吟歌仙「旅衣の巻」の一部を紹介します。

旅衣愁《うれひ》そゞろに霞むにや　石川　夷斎
　峠は梅のにほひ立つ朝　杉本秀太郎
物ぐさの太郎が垣根繕ひて　丸谷　才一
　骨折損のきせる忘れる　夷
武蔵野に野干《やかん》たはむる三日の月　秀
　ともしび消して蟋蟀《こほろぎ》の守　才
（以下三十句略）

連想を飛躍させた作家らしい句々はさすがですが、惜しむらくは、月や花の定座は厳守する一方で、三吟でありながら発句から挙句まで付け順を交替しないという式目半可通のために、二花三月の詠み手が同一人に偏る愚行を繰り返しています。

(54) 詩人たちの連句

連句から連詩へ

十九世紀末まで国民文芸として大衆の支持を得ていた連句文芸が、肝心要めの俳人たちに敬遠され、二十世紀のわずか百年の間に衰退を極める中でも、その豊かな虚構性や対話する詩としてのコミュニケーションを愛する文人たちによって、辛うじて命脈を保った経緯を紹介してきましたが、個性を尊重し密室での創作を旨とする詩人たちからも、密室を出て対話する開放感の故にか鍾愛されるようになります。先鞭をつけたのは、版画家駒井哲郎との共著詩画集『CALENDRIER(からんどりえ)』で知られる詩人・俳人の安東次男《つぐお》(流火)が、周辺の作家や詩人たちを巻き込んだ歌仙制作、また同人誌「櫂《かい》」に拠って戦後の現代詩に一時代を画した詩人たち、大岡信《まこと》、吉野弘、谷川俊太郎、茨木のり子、川崎洋《ひろし》各氏らが、安東次男に感化されて試みた連句や連詩でした。

対話する詩、付けと転じ(変化)という理念を継承していることから、連詩もまた、広義の連句文芸と規定できると思います。

櫂の会の連詩実験「夢灼けの巻」の一部を紹介します。歌仙形式に倣って三十六連で構成され、長句短句に代わるものとして二行詩または一行詩が用いられています。

1　紙一枚の淡雪
夢灼けの色出づる　　吉野　弘

2　めくる　ひめくり　　友竹　辰

3　燠《おき》にかざした
女の掌《たなごころ》に兆してゐた吉運　　川崎　洋

4　眼のなかを鳶が舞ふのかしら
鼠が走るのかしら　　中江俊夫

5　晒《さらし》締め直して
海へ向ふ道　　谷川俊太郎

（中略）

30　落葉を掻いて
炊《た》く兎鍋　　岸田衿子

31　息子二人去り　三人去り
峠を動かぬ喜寿の髭もじゃ　　茨木のり子
32　湯麵《たんめん》啜りながら
群論読んでる　二浪　　辰
33　花時計は遅れがち
精緻すぎる巣箱の設計図　　洋
34　老いた頭蓋の若い部屋を
残月が出入りする　　弘
35　かげろふ炎《も》えよ　もののふの
かぶとを洗ふ川の波　　大岡　信
36　魚影の奔《はし》るは幻に似て
景色に霞む詩のはて　　水尾比呂志

この連詩は、古典連句に詳しい大岡信氏が捌きをしたものですが、大岡氏は後年、海外の詩人たちとも積極的に連詩制作を試みるなど、連句文芸というジャンルの存在を広く内外に知らしめた功績は大きいと思われます。

一例として、大岡氏が米国の詩人T・フィッツシモンズとの間に試みた連詩「揺れる鏡の夜明け」の冒頭二連を紹介します。

連詩　揺れる鏡の夜明け　（筑摩書房・一九八二年刊）

LINKED POEMES Rocking Mirror Daybreak

1　詩（POETRY）　大岡　信

沈め。／詠《うた》ふな。／ただ黙《もだ》して／秋景色をたたむ紐と／なれ。

2　秋（AUTUMN）　トマス・フィッツシモンズ

樹々は骨まで裸になる、／色は風にくれてやった。／裸の骨が天の着物に向き合って／呼びおろす、ふかあくながい／しろおくながい唄のむれ——／雪。／／静寂。

（以下略。また各連の英訳も省略）

日米二人の詩人が協働して日本語訳と英訳を繰り返しながら、歌仙形式に倣って三十六連の長篇に構成した読み応えある連詩の秀作です。

(55) 過去・現在・未来

ノーベル文学賞受賞者で二十世紀を代表する英国詩人、日本の戦後現代詩にもはかり知れぬ影響を及ぼしたT・S・エリオットの八八六行に及ぶ長篇詩『四つの四重奏』の冒頭に、

現在の時過去の時は
おそらく共に未来の時の中に存在し
未来の時はまた過去の時の中に在るのだ。

（二宮尊道・訳、以下略）

というよく知られる詩句がありますが、この詩句の意味するところは、松尾芭蕉が俳諧の基本理念として説いた「不易流行」とも相通ずるものがありそうです。

芭蕉をはじめ、井原西鶴、与謝蕪村、小林一茶等、わが国の文学史を彩る文人詩人たちがこ

ぞって生涯をかけて創作にいそしんだ連句文芸が、二十世紀のわずか百年間に忘れ去られようとしているわけですが、そのような連句に果たして未来はあるのだろうか、と素朴な懸念が湧くのを抑えかねていました。そんなときです、前述のT・S・エリオットの詩句が想い出されたのは。

未来の時間はまた過去の時間の中に存在する、そして「連句」という言葉が、八世紀唐の顔真卿の書跡『竹山堂《ちくざんどう》連句詩帖《じょう》』に残されていることを知り、さらに連句の歴史が紀元前二世紀、漢の武帝らによる「柏梁詩」に始まること、蕪村が親炙した五世紀の陶淵明や、大好きな中唐の夭折詩人李賀にも作例があることを思い、連句の未来を探るためにも、連句の過去を知りたいという好奇心が、勃然と湧き起こったのでした。国文学の徒でも俳諧研究家でもない私ごときが「連句茶話《チャット》」という軽い乗りで、連句への年来の想いを綴ってみようと筆を起こした動機の一つでした。

対話する（ダイアローグ）詩としての連句文芸が、紀元前二世紀の「柏梁詩」に始まり、わが国の記紀歌謡や『万葉集』を経て中世の百韻連歌、近世の俳諧、前句付そして俳句や川柳へまで、文学史の伏流水のように流れ続けてきたその裏面史をおおむね鳥瞰することができたでしょうか。擱筆にあたって、十三世紀初頭のイタリアで書かれた定型脚韻詩、ダンテ『神曲 La Divina Commedia』の形式を現代連句に導入したテルツァ・リーマ（三韻詩）による連句作品を紹介したいと思います。テルツァ・リーマは、三行目毎に脚韻が施され、三の倍数行プラス一行で構成される押韻定型詩ですが、『神曲』は地獄篇・煉獄篇・天堂篇の全一〇〇曲、一万数千行すべてに、この脚韻《ライム》が施されています。

『六甲』誌でもお馴染みの宮崎修二朗（鬼持《おにもつ》）翁を中心とする「ひょんの会」作品を例示します。（連衆は宮崎鬼持、鈴木漠、服部恵美子、松本昌子《あきこ》の四名です。）

「余年」（テルツァ・リーマ連句）

逝く春や余年てふ語が頭《づ》を過《よぎ》り　鬼持　a（春）
桜湯愛《め》でて想ふ来し方　漠　b（春）
雛の膳工夫を凝らす飾り切《ぎ》り　恵美子　a（春）

栄枯盛衰なべてうたかた　昌子　b（雑）
太古より月は涼しく満ち虧《か》けし　漠　c（夏月）
卯波の浜に孫の蹠形《あしかた》　鬼持　b（夏）

木遣《きやり》歌こころ焦がすは町火消　昌子　c（恋）
舞台の女優よよと崩れつ　恵美子　d（恋）
夕顔の巻の宿りに物の怪《け》し　鬼持　c（秋）
夜食の献立《メニュー》プレーン・オムレツ　漠　d（秋）
月の石採取し帰る宇宙船　恵美子　e（月）
博物館へ長い行列　昌子　d（雑）
花嫁を待つ門も雪明かりせん　漠　e（冬花）
祝賀の曲に冴ゆるオリオン　鬼持　f（冬）
空港のロビー賑はふ国際線　昌子　e（雑）
初商ひの一口《いっく》同音　恵美子　f（新年）

足掛け五年にわたる茶話《チャット》、駄弁にお付合い下さり、ご清聴を洵《まこと》に有難うムい《ござ》ました。

（「連句茶話」畢）

(56) 連句と正岡子規

かつて十九世紀以前の日本人にとって、和歌よりも漢詩よりも身近な存在、最もポピュラーな詩の様式であった連句文芸が、二十世紀のわずか百年の間になぜ衰退をきわめたのかという疑問が、胸の奥で燻《くすぶ》り続けていた。

ここでいう連句文芸とは、まことに大雑把な摑み方と大方の叱正を受けるかも知れないが、二千年になんなんとする歴史と文芸のノウハウを蓄積してきた対話する詩全般を総括する言葉と位置づけておきたい。

そして連句文芸が日本人にとっていかほど馴染み深いものであり、各時代の知識人のみならず大衆層にまで支持されたものだったか、その歴史を駆け足でなぞっておきたい。

まずは紀元前二世紀、古代中国の漢の武帝が香柏を建築材に用いた楼台「柏梁台」の完成祝筵で家臣たちと唱和したことに始まるとされる対話詩、後世、五世紀東晋の陶淵明や唐時代の韓愈、白居易などわが国中世文学に多大の影響をもたらした詩人たちのグループがこぞって制作したと伝える漢詩聯句（前述、武帝の故事にちなんで「柏梁体」と称《よ》ばれる）。記紀歌謡の一つ倭建命《やまとたけるのみこと》と御火焼《みひたき》の翁との片歌の応答になる〝筑波問答歌〟。『万葉集』巻八に記載される大伴家持と新羅からの帰化女性理願尼《りぐわんに》との「続《つ》ぎ歌」。後鳥羽院をはじめ「新古今」の歌人たちが『新古今和歌集』成立の背後で執心した連歌会での鎖連歌や堂上人の有心派と地下《じげ》人らの無心派を競わせた勝負連歌。さらには室町時代、心敬や宗祇らによって完成され応仁の乱などの内戦時にも全国各地各層に盛行した百韻連歌。無心派から出て武家社会や町人社会の抬頭と共に一世を風靡することとなる俳諧の連歌（略して俳諧）。これはまた周知のとおり芭蕉や蕪村らによって百韻を簡略化した三十六句構成の歌仙形式として定着し現代の連句にまで及ぶのだが、むしろ蕪村と同時代人、蕪村より二歳年下の初代柄井川柳らを中心として爆発的に流行した前句付（後世、古川柳と称ばれる）こそ、連句文芸が最も大衆化した好例であろう。ちなみに前句付とは、連句文芸発生時の短連歌（前句と付句との二句のみの唱和から成る連歌）へ先祖帰りした形式にほかならない。

十八世紀後半明和・安永年間頃から出版事業が盛んになり俳諧関連のアンソロジーも多数上梓されるが、例えば、蕪村七部集などが上梓されたとほとんど同時代に、柄井川柳評万句合《あわせ》から選抜して呉陵軒可有《あるべし》らが編纂した付句集『誹風柳多留』などは、一六七冊ほども刊行されていて、その盛行ぶりをうかがい知ることができる。

それにつけても、それほどまで大衆に支持されてきた連句文芸が、二十世紀のわずか百年の間に急速に衰退したのはなぜだろうか。その連句衰退の元凶と見做されたのが、明治二十六年（一八九三年）当時二十七歳の正岡子規が、新聞連載中の「芭蕉雑談《ぞうたん》」で論考した世にいう「連俳非文学論」であった。

連句の第一句・発句を文芸として自立させようと目論んだ子規が戦略的に掲げた「発句は文学なり。連俳は文学に非ず。」というアジテーションが余りに強烈であったため、その後、その部分のみが独り歩きした嫌いがないだろうか。まずはその〝連俳非文学論〟なるものの骨子を、少し長くなるが引いて検討してみたい。

ある人曰く俳諧の正味は俳諧連歌に在り、発句は則ち其の一小部分のみ。故に芭蕉を論ずるは発句に於てせずして連俳に於てせざるべからず。芭蕉も亦自ら発句を以て誇らず連俳を以て誇りしに非ずや。と。

答へて曰く発句は文学なり。連俳は文学に非ず。故に論ぜざるのみ。連俳固《もと》より文学の分子を有せざるに非ずといへども文学以外の分子をも併有するなり。而して其の文学の分子のみを論ぜんには発句を以て足れりとなす。

ある人又曰く文学以外の分子とは何ぞ。

答へて曰く連俳に貴ぶ所は変化なり。変化は則ち文学以外の分子なり。蓋し此変化なる者は終始一貫せる秩序と統一との間に変化する者に非ずして全く前後相串聯《くわんれん》せざる急遽倏忽《しゆくこつ》の変化なればなり。例えば歌仙行は三十六首の俳諧歌を並べたると異ならずして唯両首の間に同一の上半句若しくは下半句を有するのみ。

ある人又曰く意義一貫せざる三十六句の俳諧歌を並べたるにもせよ其変化は即ち造化の変化と同じく茫然漠然たる間に多少の趣味を有するに非ずやと。

答へて曰く然り。然れども此の如き変化は普通の和歌又は俳句を三十六首列記せると同じ。特に連俳の上に限れるに非ず。即ち上半又は下半を共有するは連俳の特質にして感情よりも智識に属する者多し。芭蕉は発句よりも連俳に長じたる事真実なりと雖も是偶《たまたま》芭蕉に智識多き事を証するのみ。其門人中発句は芭蕉に勝れて連俳は遠くに及ばざる者多きも則ち其文学的感情に於て芭蕉より発達したるも智識的変化に於て芭蕉に劣りたるが為なり。（略）

（『日本』「芭蕉雑談」）

右に引いた子規の論旨を読み返してみると、さすがによく勉強してポイントを鋭く衝いていることに感嘆させられるが、半面、知ってか知らずか故意にか無意識にか論点をずらせている部分も多々あり、もどかしさが感じられないでもない。

まず、〝ある人〟の言う芭蕉の「連俳を以て誇りしに非ずや」というくだりは、門人森川許六が記録した『宇陀法師』にある芭蕉の言葉、

発句は門人の中、予に劣らぬ句する人多し。俳諧においては老翁が骨髄、と申されける事、毎度也。

を指している。芭蕉はあくまでも連句の本質であり理念の柱である対話（付合）を重んずる詩人だった。芭蕉の旅の本質は、常に自己革新を自らに課しながらも新しい連衆を求め、言葉を探求するところにあっただろう。その点、対話（付合）をほとんど必要とせず独吟パフォーマンスに明け暮れた同時代人、談林派の雄井原西鶴の俳諧は、芭蕉の俳諧観とはおよそ対照的だったと言えようか。

子規が発句を連句から独立させ、俳句という別ジャンルの詩歌を打ち立てて、脇句以下の付句を文学に非ずと否定したことは、見方を変えれば対話の拒絶であったと言える。すなわち対話する詩としての連句の基本理念を否定することをも意味しており、それは個我の自立を重ん

ずる近代の文芸観とも見事に照応することだった。だとすると元禄期西鶴の独吟志向は、あるいは子規の近代を先取りしていたという見方も成り立つであろうか。

子規が「連俳非文学論」の中で、連句を非文学的とする根拠の第一に挙げたのは、連句が首尾一貫する主題と秩序を持たず、脈絡のないままに変化すると見た点であった。

確かに変化することは、連句文芸にとってゆるがすことのできない最も基本的な理念である。二條良基以来のあの厖大かつ煩雑な式目や去嫌いの大半は、連句または連歌の進行がいかに効率良く矛盾無く変化できるかという方法論とノウハウを、屋上屋を架するかのように説き来ったものの一大集積だったと言って過言ではないだろう。

なぜそれほどにも連句は変化を必要とするのか。

連句は他の詩歌、抒情詩や叙事詩とは異なって、言葉による小宇宙、ミクロコスモスの構築を目的とする文芸だからである。限られた言語空間の中に、春夏秋冬など大自然の姿と、誕生から死に至るまでの人間の営みすべて、森羅万象を写し取るためには、刻々と情景や場面を変化せしめることが絶対的に必要なのだ。子規がいみじくも言及した「造化の変化」を言葉に写し取ることこそは、連句に求められる究極の主題なのである。

芭蕉が『三冊子』の中で、「たとへば歌仙は三十六歩也。一歩もあとに帰る心なし。行くにしたがひ、心の改まるはただ先へ行く心なれば也。」と述べているのも、変化することが連句の真髄である点を強調したものであろう。子規が「歌仙行は前後の脈絡もないまま三十六個の俳諧句を並べたに異ならず」とするのは、子規の誤解か認識不足さもなくばためにする誹謗であろう。連句は漫然と付句を並べるのではなく、例えば能楽や舞楽の劇理論である「序破急」の手法を援用するなどして発句から挙句までを構成し、ミクロコスモスの構築を図るものである。もっとも連句の特質として感情よりも知識に拠るところが多いという子規の分析は正鵠を得ている。ミクロコスモスを構築する連句の制作には、知識とか想像力とかが伴うことは必定だからだ。

さてところで、子規と連句の名誉のためにも強調しておきたいのは、「連俳非文学論」からわずか六年後に子規自身が前言を翻し、連句礼讃の文章を書いたことである。明治三十二年（一八九九年）十二月に発行された『ほととぎす』第三巻第三号に執筆した「俳諧三佳書序」と題する随想の中で、子規は正直に述懐している。

自分は連句といふ者余り好まねば古俳書を見ても連句を読みし事無く又自ら作りし例も甚だ稀である。然るに此等の集にある連句を読めばいたく興に入り感に堪ふるので、終には、これ程面白い者ならば自分も連句をやつて見たいといふ念が起つて来る。

とまで言っている。「此等の集」とあるのは、芭蕉『猿蓑』、蕪村『續明烏』同じく『五車反《ほう》古《ぐ》』の三書に所収の連句を意味する。要するに子規の一時的な連句排斥は食わず嫌いだったわけだ。かつて小説家を目指したこともある子規は、連句の背景に溢れる豊かな虚構と物語性にようやく気づいたのであろう。

「自分も連句をやってみたい」と書いた子規だが、実は既にそれ以前に高濱虚子たちと連句を張行している。明治三十一年（一八九八年）十一月発行の『ほととぎす』第二巻第二号に発表された虚子との両吟歌仙「荻吹くや」を、煩をいとわず引き写しておきたい。

荻吹くや崩れ初めたる雲の峯　子規
　かげたる月の出づる川上　虚子
うそ寒み里は鎖さぬ家もなし　規
　駕舁二人銭かりに来る　子
洗足の湯を流したる夜の雪　規
　残りすくなに風呂吹の味噌　子

ウ
開山忌三百年を取り越して　規
　鐘楼に鐘を引き揚ぐる声　子

うたゝ寝の馬上に覚めて駅近き　規
公事の長びく畠荒れたり　子
水と火のたゝかふといふ占ひに　規
妻子ある身のうき名呼ばるゝ　子
鸚鵡鳴く西の廂の月落ちて　規
石に吹き散る萩の上露　子
捨てかねて秋の扇に日記書く　規
坐つて見れば細長き膝　子
六十の祝ひにあたる花盛　規
暖き日を灸据ゑに来る　子
ナオ
まじなひに目ぼの落ちたる春の暮　〃
地虫の穴へ燈心をさす　規
しろかねの猫うちくれて去りにけり　子
卯木も見えず小林淋しき　規
此夏は遅き富山の薬売　子
いくさ急なり予備を集むる　規

足早に提灯曲る蔵の角　子
　使の男路で行き逢ふ　規
亡き骸は玉の如くに美しき　子
　ひつそりとして御簾の透影　規
桐壺の月梨壺の月の秋　子
　葱《しのぶ》の宿に物語読む　規
ナウ　ひゝと啼く遠音の鹿や老ならん　子
　物買ひに出る禰宜のしはぶき　規
此頃の天気定まる南風　子
　もみの張絹乾く陽炎　規
花踏んで十歩の庭を歩行きけり　子
　柿の古根に柿の芽をふく　規

紙幅の都合もあり、詳しい評釈を試みる余裕はないが、さすがに当代随一の文才たちが真摯に取り組んだ連句作品、品位高い諧謔に満ちていて、いわゆる蕉風の正統を継ぐものと言ってよい。子規は「古俳書を見ても連句を読みしことなく」と謙遜しているが、なかなかどうして勉強の成果がうかがえる。例えば第三の句に注目してみたい。連句のセオリーで第三は、発句と脇で醸成された世界から「転じ」へ移る場所なので、おおむね用言留めそれも「て、に、にて、らん、もなし」等で留めるのがベターとされる。とりわけ「もなし留め」は、連句プロパーの者にとっても機会があれば試みたい修辞法の一つだが、初心者のはずの子規が事も無げに「もなし留め」の付句をものにしているのは注目に値する。

その他、初折裏の句「水と火のたゝかふといふ占ひに」の前後の運びの清新さなど、保守的な俳諧宗匠たちを月並み俳諧として指弾しただけのことはあると言えよう。

さて、子規は明治三十五年（一九〇二年）まさしく二十世紀の幕開けに没したが、没後の子規と連句との関わりについて二三を記しておきたい。

まず「連句」という呼称のことである。

連句という言葉自体は漢詩聯句からの影響もあって古くから用いられ、例えば蕪村にも「紫狐菴聯句集」「連句稿」などの用例があったが、明治期までは「俳諧の連歌」略して「俳諧」と呼ぶのが通常であった。ところが子規による俳諧革新の結果、発句を「俳句」と呼びならわすことになったものの「俳諧」という語は依然として残り「俳句」と混同されることもしばしばだった。そこで高濱虚子が子規没後の『ホトトギス』（明治三十七年）誌上に、俳句との混同を避けるを目的として、以後「俳諧」を「連句」と呼ぶことにしたいという趣旨を提唱して以来「連句」という呼称が定着して今日に至った経緯がある。

さらに子規没後三十四年の昭和九年、子規と同年生まれ（一八六七年）の幸田露伴が河東碧梧桐のインタヴューに答えた記事が興味深いのでその一部を紹介する。

子規と同年生まれの幸田露伴は子規と異なって非常な連句理解者、大部の『芭蕉七部集評釈』を著したことはよく知られるとおりである。

露伴によると、小説家を志した子規が、既に一家を成していた露伴を介して自作『月の都』の売り込みを図った頃、露伴の俳諧での知人幸堂得知の捌きの下に、露伴との連句付合を行った事実があるということである。

碧梧桐　それで何でもその時に発句の話が出て…。

露　伴　それは「月の都」の中に句がありましたから、それで、俳諧が好なのか？　と云ふ話から、それは好だと云ふので色々話し合つた。その時多分内藤鳴雪か、忘れましたが他の人の噂なども聞きました。

碧梧桐　その時の附合が残つて居りますよ。

露　伴　さうでしたか、何か句がありますか？

碧梧桐　その時分、貴方の俳号は、「把月」と仰言つたのですか？
露　伴　それは色々出鱈目にそんな号を使つたこともありますね。
碧梧桐　蓼太の句を立句にして、蓼太の句が、

夜咄の傘にあまるや春の雨

把月、つまり貴方が

柳四五本ならぶ川べり

第三句を子規が

のみさした茶を陽炎にふりまいて

これを幸堂得知さんが

さめた茶を蛙の声にふりかけて

となほされた。
露　伴　はゝあ、想ひ出した。その得知さんと云ふ人は俳諧の方の人で、小説も書いたが、小説は滑稽なものを書いて居りましたけれども、元々俳諧の方で懇意にして居つた。俳諧の色々な話をその人から聞いて居つたから、その時分でせう、得知さんが朱をしたのは。

（略）

（『子規全集』第十三巻）

さらにまた子規没後四十年の昭和十七年、高濱虚子が次女の星野立子に宛てた書簡形式のコラムを引いておきたい。虚子は本来、子規とは異なって早い時期からの連句擁護論者であった。子規の没後間もなくにも、連句礼讃の文章を機会あるごとに公表している。

立子へ

兄さんなどと一しよに連句の研究を始めてもう五六年になるが、お前たちもたとひ連句を作ることにはたづさはらないにしても、連句の研究は一と通りして置く方がよからうと思ふ。それはお前達に勧むるばかりでなく全俳壇の人に勧めたいことである。俳句といふものを知るとその発句―一番初めの句のことで今日は俳句と言つてをるところのもの―といふものの性質が最も明白に判つてくるのである。今日では発句といふものと他の句―俳諧の第二句以下の句―の区別が混雑して来てをるのである。これは俳句の発達とも言へるのではあるが、然しながら発句本来の性質を考へてみると往々にして思ひ半ばに過ぎるものがあるのである。何にせよ芭蕉、蕪村などの俳諧を研究して置く必要は大にあると思ふ。

子規没後も三、四十年を経過すると、なぜ連句から俳句を自立せしめたのかという子規の理念が忘れられてしまった。本来、発句は連句の中でも際だった姿に詠むことが求められていて、芭蕉も『去来抄』などで「発句は一本の立木のように品格のある句姿を。そのためには切字を有効に使うように」と教えている。すなわち発句の条件は、平句《ひら》と違って自立すべき要素を強く備えているところにあった。子規はその発句の特質に着目して俳句として自立させたのだが、その理念が忘れられて、連句の中の平句のような俳句が氾濫してきたことに、虚子は大いなる危機感を抱いたのであった。連句を勉強せよという虚子の勧奨は、とりもなおさず俳句が連句から自立した初心に帰れという訓示でもあっただろう。

我田引水の謗りを免れぬかも知れないが、結論づけて言えば、対話する詩・連句文芸の長い長い歴史を再点検、再評価することは、今日ようやく復権を果たしつつある連句のみならず、俳句や短歌さらには現代詩等の分野にとっても、未来への扉を開く鍵を発見するきっかけになりはしないかと思うのである。

（二〇〇四年三月一〇日『國文學解釈と教材の研究』三月号）

（57）連句と塚本邦雄

かつて十九世紀以前の日本人にとって、和歌よりも漢詩よりもなじみ深くポピュラーな詩の様式であった連句文芸を等閑視して、そもそも詩歌論は成り立つのだろうか。しかるに、今日広範に行われる詩歌論の大半は、連句文芸の伝統に立脚する視点を全く欠くと思われてならないのである。

ここでいう連句文芸とは、連歌俳諧はもちろんのこと、はるか紀元前二世紀、古代中国は漢の武帝に始まると伝える漢詩聯句（柏梁体）から、江戸期、松尾芭蕉や与謝蕪村とほとんど同時代に盛行を極めた前句付（後世、古川柳と呼ばれた）に至るまでの対話形式の詩歌全般を指すものと位置付けておきたい。

二千年になんなんとする時間に蓄積され、大衆から支持されてもきた連句文芸の詩法やノウハウを、二十世紀のわずか百年の間に私たちは棄却して顧みることがなかったのである。文化と歴史に対する理不尽な冒瀆と言わざるを得ないであろう。

とりわけ中世の連句文芸・連歌《れんが》を考える上でキーパーソンの一人と見做されるのは『新古今和歌集』の編纂を命じた後鳥羽院を措いてないが、後鳥羽院の連句（連歌）を検討する前に、連句文芸の歴史の概略を展望しておきたい。

まずは前述の紀元前二世紀、漢の武帝と家臣たちとに始まるとされる漢詩聯句である。紀元前一一六年、長安城内に香柏を建築材とする楼台が完成し「柏梁台」と名付けられた。その完工祝筵に帝と群臣たちが唱和した対話形式の詩を、後世「柏梁体」と呼んだ。

柏梁詩

日月星辰四時《しいじ》を和す　　帝
驂駕駟馬《さんがしば》梁従《よ》り来る　　梁王孝王武
郡国の士馬羽林の材　　大司馬
天下を総領する誠に治め難し　　丞相石慶
四夷を和撫する易からざる哉　　大将軍衞青
刀筆の吏は臣之《これ》を執《と》らん　　御史大夫倪寛
鐘を撞き鼓を伐《う》ち声詩に中《あた》る　　太帝周建徳

宗室の広大日に益々滋《しげ》し　　宗正劉安国
（以下十八句省略）

およそ右のような漢詩聯句であるが、武帝以後も、例えば日本の中世文芸に量り知れない影響を与えた五世紀東晋の陶淵明とか唐の韓愈、白居易など大詩人のグループが盛んに制作したと伝える。中唐の夭折詩人李賀にも独吟ながら二篇の漢詩聯句がある。その一つは「惱公」。宋玉という名の光源氏のようなプレイボーイと嬌嬈という名の若い女性、架空の男女を登場させて艶冶な恋愛論を交わす仕組みで、ちょうど一〇〇句をもって完結。もう一篇の「昌谷詩」は全行九十八句ではあるが、役人を辞して故郷の昌谷へ帰った李賀が美しい故郷の山野を背景にして、李賀自身と、供に連れ歩いた少年（巴童）との対話形式で綴る田園詩だった。

ともあれ、わが国最初の漢詩集『懐風藻』の成立や、白居易の詩句を大量に収拾する藤原公任撰『和漢朗詠集』などへの漢詩の影響度を勘案すれば、漢詩聯句柏梁体が中世の連歌などへ及ぼしたであろう影響の大きさを否定できないだろうと思われるのだ。

一方、わが国での連句発生状況はどうであったか。まず伝承としては『古事記』上つ巻の国生み神話、イザナギ・イザナミ男女神による例の美斗の麻具波比の相聞である。「あなにやし、えをとめを」「あなにやし、えをとこを」。陰陽和合のシンボルと見做されるゆえをもって、爾来、連句には恋句の付合が必須とされる。芭蕉も「五十韻百韻といへども恋の句なければ一巻とは云はずして半端物《はしたもの》となす。」（『去来抄』）と言っている。

さらには『古事記』中つ巻の倭建命《やまとたける》東征、酒折の宮のくだり、倭建と御火焼《みひたき》の老人《おきな》の片歌問答「新治《にひばり》筑波を過ぎて、幾夜か宿《ね》つる」「かがなべて、夜には九夜《ここのよ》、日には十日を」が連句の始まりとしてよく知られる。このエピソードに由来して、後世、二條良基編纂の最初の連歌集が『菟玖波《つくば》集』と名付けられ、また和歌が「敷島の道」と称ばれるに呼応して連歌俳諧は「筑波の道」と言われるようになった。

そして文献の上での最初の連句作品は『万葉集』巻八所収の、大伴家持と尼と呼ばれた女性との「続《つ》ぎ歌」であろう。

尼、頭句を作り、并に大伴宿禰家持、尼に誂へらえて末句を続ぎて和ふる歌一首

佐保河の水を塞《せ》き上げて植ゑし田を　尼の作
刈れる早飯《わさいひ》はひとりなるべし　家持続ぐ

ここで尼と呼ばれた女人は、巻三などを参照すると新羅《しらぎ》から帰化した理願《りぐわん》という名のインテリ女性で、大伴一族の尊崇を集めていたらしく、私は、大伴一族の家庭教師の役割を担っていただろうと推測する。

右の続ぎ歌のような二句唱和の連句を短連歌と称《よ》ぶが、二句付合で終わらず三句五句と区切りなく繋がる鎖連歌に移行した時期がいつだったかは定かではない。しかし鎌倉初期、後鳥羽院の時代には、百句をもって一巻とする白韻形式がほぼ定着したらしい。同時代に盛行した百首歌や歌合における百という数字の区切り、そしてまた韻という呼称からして前述の漢詩聯句形式が影響しただろうと思われる。

ともあれ後鳥羽院はたいへんな連歌好みで、仙洞御所では賭けものを伴う勝負連歌が頻繁に催されたらしい。例えば藤原定家『明月記《めいげつき》』に記載されたところによると、ある時、無心連歌（俳諧連歌）を得意とする一派が語らって、和歌所の有心派歌人たちを籠伏せにしようと挑んでいることを院が聞き及び、有心派対無心派の勝負連歌を張行したとある。賦物を定めて付け合うのだが、どちらかの一派が続けて六句付け勝つと、負けた方は殿上から追放されて庭に土下座しなければならぬというような他愛もないルールだった。また別の記述によると、ある年の歳暮も押し迫った師走二十八日の夜半、定家が就寝しようとしたところへ後鳥羽院からの急なお召しがあり騎馬参内すると、源家長を奉行とする有心無心連歌会を禁裏で催すということだった。雅や物のあはれを詩趣とする有心派（柿本衆《かきのもとしゅう》）に対して、俳諧歌を得手とする無心派（栗本衆《くりのもとしゅう》）をあえて拮抗させたのだが、この時の勝負も定家の記録によると「無心殊不得骨」、無心派の負けだったらしい。そのあたりの状況は、後鳥羽院をめぐる伝記小説、塚本邦雄著『菊帝悲歌』（一九七八年、集英社）第四章に活写されている。『菟玖波集』に収拾された定家の賦物連歌独吟の例を挙げると、

後鳥羽院の御時、三字中略・四字上下略の連歌に
むすぶちぎりのさきの世もうし
夕顔の花なきやどの露の間に
しばしなたちそ四方の秋霧
見て過ぎむ野もせの萩の織る錦

三字中略・四字上下略というのは、例えば「契り」三字の中を省くと「塵」なる語が、また四字「夕顔《ゆふかほ》」の上下を除くと「鱵」という語がそれぞれ浮かび出る仕掛けだが、夕顔と萩が植物どうしの観音開きになるなど、後世定まった式目や去嫌《さりぎらひ》に照らせば、方法論を伴わない実に滅茶苦茶な付け方だと言えよう。

当時、晴《はれ》のイヴェントであった歌合とは異なって、連歌はあくまでも褻《け》のイヴェントだった。連歌が晴の文芸となるには、およそ一五〇年後の室町前期、二條良基が救済《きゅうせい》法師と共に編纂した連歌集『菟玖波集』が勅撰に準ぜられるまでを待たなければならなかった。

『新古今和歌集』に表立っては連歌のレの字も出てこない。にも拘らず、あの「新古今風」といわれる様式の特徴、三句切れや体言留めの多用、二句一章体、疎句仕立てなどは、『新古今和歌集』成立の背後で後鳥羽院が率先励行した日頃の連歌の鍛練から生まれた新しい感覚と修辞法ではなかっただろうか。

かくのごとく後鳥羽院をキーパーソンと見做すもう一つの理由は、院の代表作の一、『新古今和歌集』所収の、

見わたせば山もとかすむ水無瀬川
　ゆふべは秋となに思ひけむ

の詩情が、はるか後世の連句文芸にまで継承されているからだ。

例えば室町後期、飯尾宗祇たちの百韻連歌『水無瀬三吟賦何《ふすなにひと》人連歌』（長享二年、一四八八年）の初折表、

雪ながら山もとかすむ夕かな　　宗祇
　行く水とほく梅にほふ里　　肖柏
川かぜに一むら柳春みえて　　宗長

という付合に本歌取りされる。さらに時代を下って与謝蕪村たちの連句（歌仙）『菜の花やの巻』（安永三年、一七七四年）の初折表、樗良の脇句にも、

菜の花や月は東に日は西に　　蕪村
　山もと遠く鷺かすみ行く　　樗良
渉《わた》し舟酒債《さかて》貧しく春暮れて　　几董

というふうに踏襲されるのである。

新古今風が、日頃の連歌鍛練から生み出された様式ではないかと前述したものの、私が生涯の師と仰ぐ塚本邦雄はそのあたりをどう捉えているのか気になって、氏の諸著作を読み返したが、管見では、わずかに『新古今新考—断崖の美学』（一九八一年、花曜社）の六百番歌合を論じた「良き持に侍るべし」の章で触れられているのみだった。

恋五・三十番「旅恋」題での、左定家・右信定（慈円）の番《つがい》、

左持　故郷を出でしにまさる涙かな

嵐の枕夢にわかれて　　　　　定家朝臣

右　東路の夜半の眺めを語らなん

都の山にかゝる月影　　　　　信定

について、

両方ともノスタルジアをややオーヴァーに詩的に表現したもので、作者の個性が如実に出ていています。「涙かな」という感動詞で、上の句を切っておいて、体言止めにせずに、「嵐の枕夢に別れて」という不思議な、滅《め》り張りのある十四字で下の句を連ねるこのあたり、今様調と言うよりも連歌調の感じがします。上の句と下の句が、別の人の手になるような、連歌の趣きがあります。　（傍線筆者）

と感想が述べられている。

しかし考えてみると『新古今和歌集』を持ち出さずとも、塚本邦雄短歌そのものに、作者が意識すると否とに関わらず連歌俳諧の修辞法、特に談林派の心付や蕉風俳諧にいう匂付・余情付あるいは二句一章体、疎句付合の手法がしばしば援用されてきたと言えはしないだろうか。

例えば、

突風に生卵割れ、かつてかく撃ちぬかれたる兵士の眼　　（『日本人霊歌』）

壮年のなみだはみだりがはしきを酢の瓶の縦ひとすぢのきず　（『感幻楽』）

などの上句下句の照応は、まさしく連句の付け方のお手本のような修辞法だと思われてくる。

さて私は年少時、幸田露伴の『評釈冬の日』を読んで連句に開眼したのだが、実作の手解《ほど》きは、まさしく塚本邦雄氏から直伝された。一九六八年晩夏の一日、鴻池東楠風荘の塚本邸を訪問した時、当時大学院生だった歌人の安森敏隆氏ら若者三、四人とたまたま同席して一緒に膝送りの俳諧をご指南いただいたのが、そもそも私の連句事始であった。

その折の句稿が残っている。習作の域を出ないきわめて稚拙なものではあるが、ある意味では貴重な記録なので煩をいとわず次に記載しておきたい。

葉月緑金吟

晩夏はや花なき部屋に唇《くち》冷えて　塚本邦雄
無花果をこそ食みたきものを　須永朝彦
みどり児のしのび笑ひに葉をくらみ　鈴木　漠
歯のにがき水路《みを》に散らばるる屑　田中富夫
星の夜を疊の上に舞へるもの　安森敏隆
微塵といはばわがこひごころ　邦

玻璃窓をめぐれる鳥の數知らず　朝
　さかしまに飛ぶ無間地獄も　漠
闇をはやあらそひに息の口みだれ　富
　戀の心にささやく時雨《しぐれ》　敏
時ならぬあゐのもみぢのはかなさを　邦
　きみとわが血塗《まみ》れの帷子　朝
森の奥いまも残れる斧の音　漠
　影をうつ矢のはやばしる鼓動　富
朝々を國とみゆける響きして　敏
　夕べに死にしをとこかげろふ　邦
つきくさの花月色に透きとほり　朝
　犬毆《う》てばまた犬の鳴きごゑ　漠
いなきの指のあはひを盗みゐて　富
　まぼろしの聲さそふ南風　敏
いづくも修羅の血だまりと思《も》へ　邦

昭和戊申葉月九日宵　河内感幻城緑青亭にて

まっとうな塚本邦雄独吟連句作品としては、『花鳥星月』（一九七七年、書肆季節社）の百韻、『夏鴬の巻』（一九八三年、書肆季節社）に所収の歌仙があり、いずれも『塚本邦雄全集』（二〇〇〇年、ゆまに書房）第四巻に収められいる。同巻にはもう一つ『歌仙玉霰の巻』（一九九〇年、書肆季節社）が収拾されているが、不審なことに「歌仙」（三十六句）と銘打たれながら、なぜか初折表六句と裏折立一句までの即ち七句のみが収録されるに過ぎない。

塚本邦雄初めての連句集『花鳥星月』は独吟百韻の意欲作ではあるが、おおよそ式目に背き、甚だしくセオリーを無視した、かなり際どい冒険作であることを否めない。紙幅も尽きたので詳しい評釈は他日に譲るほかないが、例えば初折発句、

夕野分天の奥処《おくど》を過ぎしかな

の切字「かな」は極めて妥当だとしても、二の折、三の折、名残折の表折立句すべてにわたって、

月光の針ふりかかる鷹野かな（二の折）
春雷のあとなまぐさき椿かな（三の折）
赤き月かかる薄暮の氷室《ひ》かな（名残折）

というふうに「かな」留めが用いられる。通常、連句では、発句以外のいわゆる平句《ひら》で「や、かな、けり」等の切字を使うことは、連環がそこで断絶するため百韻といえども原則タブーとされる。

また例えば、初折の運びを通覧しても、発句「夕野分天の…」と第三「新月の空」における天象の打越輪廻（観音開き）や、表八「連翹」と裏二「三輪の杉」との植物どうしの観音開き等々、発句から挙句までの百句すべてに及ぶ緊張感を湛えた韻律美とは裏腹な、セオリー無視や去嫌に背く場面が、しばしば目につかなくもない。

そして何よりも連句の本然は、対話（ダイアローグ）の詩であることだ。独吟（モノローグ）は、いかほどの秀作だとしてもやはり、連句の本質からは乖離せざるを得ないであろう。

「発句は門人の中、予に劣らぬ句する人多し。俳諧においては老翁が骨髄。」（森川許六『宇陀法師』）と述べ、対話としての連句を重んじた芭蕉に対して同世代の井原西鶴は、言葉の天才ゆえに対話（付合）を必要とせず、矢数俳諧の独吟パフォーマンスに終始した。明治の改革者正岡子規も、対話詩としての連句を否定し「発句は文学なり。連俳は文学に非ず。」（「芭蕉雑談」）と述べて、脇句以下の平句を切り捨て、発句を「俳句」として独立せしめた。西鶴も子規も、それぞれに個性と自我尊重の近代精神を先取りしていたとも言えよう。塚本邦雄の独吟連句も近代精神そのもの、その延長線上に位置付けられるのではないだろうか。

しかしながら近代の自我を克服して、不易のダイアローグ精神を復原しない限り、二十一世紀の詩歌に展望は拓けないのではないかとも思われるのだ。

（二〇〇四年九月三〇日『玲瓏』五九号）

(58) ソネット俳諧事始

私事にわたるが年少時、「四季」の詩人たちとりわけ丸山薫や津村信夫の詩に親炙した。立原道造のいわゆるソネット形式（無押韻十四行詩）にも大いに惹かれるところがあった。小野十三郎の「短歌的抒情の否定」論や中野重治の「おまえは赤ままの花やとんぼの羽根を歌うな」といったアジテーションが席捲した時代の影響で、立原の甘やかに過ぎる修辞に警戒心を抱かないでもなかったが『新古今和歌集』に由来するであろう古典的抒情と西欧のソネット形式をマッチングさせた立原の創案になる新様式には十分な魅力が備わっているとも思われた。谷川俊太郎氏の初期詩集『六十二のソネット』を愛読したのもその頃だ。

一方で九鬼周造の論考「日本詩の押韻」に出会ってカルチャーショックを受けた。ソネットという形式が十三世紀のイタリアに淵源を持つ押韻定型詩であり、同時代のダンテ『神曲』(La Divina Commedia) 原詩も、あの厖大な全曲にわたってテルツァ・リーマ（三韻詩）と呼ばれる脚韻が施され、加うるに1行1行が11音節《シラブル》に統一された音数律定型詩であることを知って膝を叩く思いがあった。九鬼周造を偉いなァと思うのは、学者の理論や理屈抜きに、多数の押韻詩を実作してみせている点である。しかも九鬼はそれらの自作を「作例」と謙遜してみせる。しかし私は、それを九鬼の謙譲でも卑下でもなく、むしろ既成詩壇に対する挑発だっただろうと受け止めている。すなわち九鬼は「詩に素人の自分でさえこの程度の押韻詩作品が出来るのだ、いわんや専門家の詩人においてをや！」と言いたかったのではないか。

九鬼の「作例」の中でも私は「製本屋」と題するソネットを愛誦してやまない。当時の詩壇の中へ置いてもその秀作は紛れもなかろう。

製本屋　　　九鬼周造

「頁《ページ》を調べたか、表紙をうまく貼れ
糊の乾きが悪いな、今日《けふ》は曇天」
小僧を振り向く親仁の着た半纏
ダルトア街、製本屋の主人は彼れ

背革の金字がぼんやり浮く黄昏《たそがれ》
出来上がつたのはモリエール、ラフォンテン
コントの政治体系、リトレの辞典
終日はたらいて外へ出るのも稀れ

百貨店へ通つてる十九の娘
「お父さん」と呼ぶと仕事の手をやすめ
につこり笑ひながら食卓に坐る

気さくなおかみを亡くしたのはこの夏
永久に帰る筈のないものを待つ
巴里《パリー》の夜《よる》、聖心《サクレ・コオル》寺の鐘が鳴る

＊ソネット抱擁韻＝abba/abba/ccd/eed

このソネットは抱擁韻による脚韻が踏まれていることは自明だが、一見、自由律という印象ながら注意して読むと、すべての詩行が18音節《シラブル》に統一された音数律定型詩でもあることが理解される。

この方法を踏襲しているのが「マチネ・ポエティク」グループの詩人・作家福永武彦のソネットであろう。例えば「ただひとりの少女に」と献詞が添えられた「火の島」を検討してみたい。

火の島　ただひとりの少女に　　福永武彦

死の馬車のゆらぎ行く日はめぐる
旅のはて　いにしへの美に通ひ
花の香料と夜とは眠る
不可思議な遠い風土の憩ひ

漆黒の森は無窮をとざし
夢をこえ樹樹はみどりを歌ふ
約束を染める微笑の日射
この生の長いわだちを洗ふ

明星のしるす時劫を離れ
忘却の灰よしづかにくだれ
幾たびの夏のこよみの上に

火の島に燃える夕べは馨り
あこがれの幸《さち》をささやく小鳥
暮れのこる空に羽むれるまでに

＊ソネット交叉韻＝abab/cdcd/eef/ggf

使用された語彙から推して立原道造の影響が著しいと思われるが、立原の無押韻十四行詩に飽き足らず敢えて押韻に挑んだものであろう。その押韻形式は交叉韻と抱擁韻を併せ採用しているほかに、一見自由律と見えながらこれもまた1行1行を15音節《シラブル》に統一した音数律定型詩でもあることが分かる。

この詩が献じられた「ただひとりの少女」とは、マチネ・ポエティクの同人で少女時代の原條あき子（福永武彦夫人、作家池澤夏樹氏の母堂）だが、そのソネット作品をも紹介しておく。

気まぐれな恋人に　1

原條あき子

あなたは光り唄ふ南の港
さしのばすかひなに旅情ひびくやう
風はさざめきしるす和蘭陀模様
古代にも通ひ咲く珍奇な花と

熟れる木の実は血潮のゆたかなかで
そこに熱い陽ざしに石はふくらみ
あなたの夜は琥珀の酒にうるみ
波の重いうねりよ　わたしを抱いて

いまは眠らう　青褪めた帆を下ろし
疲れた船腹を深い闇に浸し
長いきびしい航海の思ひ出に

夢　暗く映しても　貝のめざめに
すべて忘れることができるだらうか
それからは　日はいつも新ただらうか

＊ソネット抱擁韻＝abba/cddc/eef/fgg

この詩もまた、一行17音節《シラブル》に調えられた脚韻詩で、前述福永武彦「火の島」と見事な相聞をなしており、マチネ・ポエティクの詩人たちの青春の息吹が感じられる。

ともかく、半世紀を優に超えるかつてのこのような先人たちの営みがほとんど無に帰したことは、現代詩の一〇〇年を考える上でも惜しまれてならなかった。九鬼周造顕彰の微意を表す手段として私もまた、折々に拙い押韻詩制作を試みてきた。だが私は年少時に親しんだ短歌表現を捨てて、いわゆる自由詩の世界へ出奔した〝放蕩息子〟だったので、定型詩を書くことにはなお抵抗があり、押韻詩を試みる場合でさえも自由律を専らとしたのだった。唯一、一九七〇年代に試作した「風雅抄」と題する詩篇だけは『神曲』に倣ってテルツァ・リーマを用い、かつ1行1行を17音節《シラブル》に統一してみたのだった。17音節を選んだのは、俳句または連句の長句のリズムを意識したものだった。その頃から現代詩と並行して連句文芸に興味を抱き、もっぱら文音による連句実作をも重ねてきた。

連句とは何か。端的に言えば、五七五の長句と七七の短句を交互に連ねる「音数律定型詩」である。

連句文芸の歴史は古く、紀元前二世紀古代中国の漢の武帝に始まるとされた漢詩聯句（柏梁体と称ばれる）を起源に、五世紀東晋の陶淵明や唐の韓愈、白居易などわが国の中世文学に影響を与えた大詩人たちも漢詩聯句を盛んに制作したと伝えられる。『万葉集』巻八に記載される大伴家持の短連歌作例（続《つ》ぎ歌）をはじめ、鎌倉〜室町期に大流行した鎖連歌や百韻連歌《れんが》、江戸時代の芭蕉、蕪村、一茶などが重用した三十六句の歌仙形式（俳諧）そして蕪村たちの同時代に柄井川柳を中心に爆発的な流行をみた前句付（後世、古川柳と呼ばれる）なども、すべて連句文芸の一様式だったと言える。すなわち連句文芸はかつて日本人にとって最もポピュラーな詩、対話する詩だったわけだ。一〇〇句で構成する百韻形式が冗長に過ぎるとして芭蕉たちの重用した三十六句構成の歌仙は今日の連句でもスタンダードな形式として定着したが、多忙な現代の連句人たちは歌仙さえもが長過ぎるとして様々な短い形式が模索されている。その一つが十四句を以て完結するソネット形式であろう。ただし大半のグループの作品はなお「マチネ・ポエティク」風の押韻を試みるまでには至っていないのが現状である。

ソネットという呼称が、イタリア語の sonare（鳴る、響鳴する）に由来するのであってみれば、単に詩句を十四行並べてよしとする次元にとどまらず、脚韻などの音韻効果が追求されて然るべきであろう。連句はすでに音数律定型の様式を確立しているのだから、その上に押韻が加われば、かつて九鬼周造が望んだとおりの「ソネットの名に相応しい詩の様式」が現前するのではないか。そう考えて私が所属する「海市の会」「おたくさの会」そして「徳島連句懇話会」などは、率先してソネット押韻俳諧を試作し、その普及に努めているところである。

ただし問題がないでもない。

連句の基本理念の一つに「変化する詩」であることが挙げられる。芭蕉は『三冊子』で「歌仙は三十六歩也。一歩もあとに帰る心なし。行くにしたがひ、心の改まるはただ先へ行く心なれば也。」と言っている。ところが脚韻にしろ頭韻にしろ韻を踏むということは、言わば後戻りをすることでもあり、繰り返し（ルフラン）を好む人間の心理に働きかける押韻の修辞法は、変化を重んじる連句の基本理念との衝突を避けられないであろう。連句式目にいう「去嫌い」とりわけ打越との観音開きを嫌うセオリーに照らせば、ソネット押韻方法の内、「抱擁韻」のみが辛うじて式目の禁忌に抵触しないで済むかとも考えられる。しかし勿論工夫次第で交叉韻も平坦韻も十分に可能ではあろう。

ソネットを試みようとする全国の詩人や連句人たちには、大先達九鬼周造に倣って、ぜひ日本語の押韻詩の問題をも検討していただきたいと願っている。

（二〇〇七年三月『岩礁』130号）

(59) ダイアローグの磁場で

連句の魅力にひかれ、同志を語らってその実作を試み始めたのはおよそ四半世紀前、すでに病膏肓に入る、といった趣がなくもない。今では私も所属する日本連句協会という名の全国組織があって、会員数は一千名になんなんとするという。インターネットで交信を行う若い人なども増え、いくばくかの詩人や作家の支持をも得て、文芸としての連句は、ようやく復権を果たしつつあるらしい。

もっとも、歴史は繰り返すという言葉もあるとおり、芭蕉や蕪村以後に連句があまりに大衆化、通俗化に向かったことが一因で、明治期に至って正岡子規の「連俳非文学論」による弾劾を被り衰退していったような現象が、再び起こらぬという保証はないだろう。先走りして言ってしまえば、連句が文学か非文学かという論議は、かつての俳句における「第二芸術」論や短歌の場合の「奴隷の韻律」論と同様に、実は、形式(容器)の問題というよりも、ほとんど作品の内実や資質の問題ではないのかと、私などには思われる。

「連句」という呼称については、江戸時代与謝蕪村に用いられた例もあるが、一般的には、俳諧（「俳諧之連歌」の略称）の第一句たる発句《ほっく》を独立させ「俳句」と名づけた子規に呼応して、子規の高弟の高濱虚子が提唱し、「俳句」と区別するため従来の俳諧を「連句」と称し始めたもののようである。

また古来中国に、漢の武帝のものを淵源として「柏梁体」とよばれたダイアローグに基づく詩形式「聯句」があり、陶淵明、顔真卿、韓愈、白居易など名だたる文人のそれぞれのグループが好んで創作した事実と相俟って、名称、形式ともに、古くから日本の詩歌に多大の影響を及ぼしたであろうことは想像に難くない。

それでなくても、古来、日本の文学の中で相当に重要な位置を占めてきた対話形式の詩、連句というジャンル（ここでは大雑把ながら連歌《れんが》も俳諧之連歌も現代連詩も、一括して連句文芸として取扱う）が、長い時間にわたってノウハウを蓄積してきたにもかかわらず、明治期以降の一世紀、俳句の興隆とは相反して、なぜ衰退していったのだろうか。

そのターニング・ポイントとなった正岡子規の「連俳非文学論」なるものを、少し検討しておきたい。

子規は明治三十五年（一九〇二年）、三十六歳で没しているが、その死の十年前の明治二十六年、当時の新聞『日本』に連載された「芭蕉雑談」の中の問題のくだりを引用する。

「発句は文学なり。連俳は文学に非ず。連俳固より文学の分子を有せざるに非ずといへども文学以外の分子をも併有するなり、而して其の文学の分子のみを論ぜんには発句を以て足れりとなす。

ある人又曰く文学以外の分子とは何ぞ。答へて曰く連俳に貴ぶ所は変化なり、変化は則ち文学以外の分子なり、蓋し此変化なる者は終始一貫せる秩序と統一との間に変化する者に非ずして全く前後相串聯《かんれん》せざる急拠倏忽《しゅくこつ》の変化なればなり（略）」

右に見るとおり子規は、連句を非文学的とする理由の第一として、連句が首尾一貫した主題と構成を持たず、常に変化を求めるという点を挙げている。たしかに、特定の主題を持たず没個性的とも見える連句の方法は、自我に目覚め個の表現を尊重する近代の文芸の概念と相容れないものがあったであろうか。

しかも、変化するところにこそ、連句の基本理念は存すると思われる。連句の方法論として積み重ねられた厖大かつ煩雑な式目の本質は、連句が、いかに効率的に、より好ましい変化を遂げることができるかを説く理論の集大成にほかならぬと言っても過言ではない。

ではなぜ、それほどにも連句は変化を必要としたのだろうか。

ひとつには、万物流転する（パンタ・レイ）あるいは無常迅速に移ろう時間の中で、人間存在の有様をまるごと描きとどめておきたいという希求が働くのだと思われる。言い換えれば、対話形式の詩によって自他の存在を問うものだった。たとえば芭蕉の時代に完成した歌仙形式（三十六句で構成）の連句の場合であれば、そのわずか三十六句の中に、春夏秋冬の自然はもとより、生老病死、愛憎、無常、旅行、年中行事、喜怒哀楽等の人事百般にわたる存在や現象のすべてを写しとろうと企てるのである。画家たちが絵巻や障屛画に、四季山水図、年中行事図等を描いた発想や美意識と軌を一にするものであろう。つまり、一巻の連句でもって、言葉による小宇宙（ミクロコスモス）を現出させることこそが目的だった。

多彩な人間存在の諸相を描くためには、連環しながらも効率よく変化させること（連句では「付けと転じ」という）が必要不可欠であり、同趣同義あるいは同じような言葉の繰り返しを避ける「去嫌《さりぎらい》」という具体的なマニュアルが考案されたのだった。

もう一点、子規が提唱した「写生」という概念と連句の方法とには、相反するものがあった。連句の場合、発句と脇句ではおおむね矚目吟に基づいた挨拶が交わされるが、それ以後挙句までは、すべて虚構、想像力の産物であり、写生主義とは真っ向から対立する筈だった。

しかしこの問題は、創作に関わる者なら誰しも感ずるところだろうが、ふだんに写生や観察を怠っていては想像力は痩せるばかりであろうし、表現における虚構と現実は本来、表裏一体のものだと言えないだろうか。

ちなみに付け加えておくと、晩年の子規はようやく連句に興味を示し、虚子たちとの付合をしばしば試みるばかりか、次のように書き残している。「自分は連句といふ者余り好まねば、古俳書を見ても連句を読みし事無く、又自ら作りし例も甚だ稀である。然るに此等の集にある連句を読めばいたく興に入り感に堪ふるので、終には、これ程面白い者ならば自分も連句をやつて見たいといふ念が起つて来る。」（明治三十二年『ほとゝぎす』第三巻第三号）

さらに連句の構成には、舞楽や能楽の演出理論にも共通する序破急という考え方が適用される。たとえば「表ぶり」といわれる初折の表の詠み方が定義づけられていて、序破急の序にあたる表の句は発句を除き、神祇釈教、恋、無常、羇旅、鬼や妖怪、固有名詞等、あまりに印象の強い句を避けて穏やかに付け進めるのがベターとされている。

このように、せっかくノウハウを蓄積してきた連句の手法を、現代の、たとえば連詩に移植することは果たして可能だろうか。

隘路となるのは、やはり両者の文芸としての制作目標や、よって立つ次元の差異にあると思われてならない。前述のように連句ではおおむね、言葉によるミクロコスモスの現出を目論む方途として、常に変化することが求められる。

連詩の場合はどうだろうか。さまざまに試行錯誤がなされているようだが、近代詩歌の創作方法の延長線上で、一つの主題のもとに一篇の作品として収斂する方向を選ぶのだろうか。あるいは、かつての〝意識の流れ〟文学のように、あえて主題は設定せず無目的にスタンザを連ねるに任せるのだろうか。

いずれにしても、そのあたりを見極めて自家薬籠中のものとしない限り、ポスト・モダンの詩は生まれ難いようにも思われる。

さて、ここまで述べてきたところで、木島始氏が編まれた労作の連詩集『近づく湧泉《ゆうせん》』の恵与にあずかった。味読する時間的な余裕のないまま感想を述べることは非礼の限りだが、通覧したところでは、示唆に富むクリエイティヴな詩的営為と思われた。

帯文の惹句に「各人がリンクして交わり、予定調和のない想念へと深化する」、あるいは「宇宙の未知を引き受け、次々とジャンプしていく」云々とあるのは、ダイアローグの詩・連詩がめざす理念として、まことに正鵠を得た言葉であろう。

その方法論も、ひとまずは明快である。一篇の連詩を構成する各スタンザに、漢詩の絶句や西欧詩のカトランを規範とした四行詩形を採用し、前節に次節が連環していくためのルールとしては、

①前節の第三行目にある言葉（反義語でもよい）を選択して次節の第三行目に入れる。

②前節の第四行目にある言葉を選択して次節の第一行目に入れる。
そして、①と②を交互に繰り返しながら各スタンザを繫ぐ。
というもののようである。

しかし考えてみると、漢詩の絶句や律詩にしても、西欧詩のカトラン（四行詩）やテルセ（三行詩）にしても、押韻、特に脚韻の効果が著しい詩の形式として定着したものであった。韻を踏む必要を認めないフリーヴァースの現代連詩に、四行詩形のみを採用する必然性が果たしてあるのだろうか。かつて『櫂』の詩人たちが連詩の形式について試行錯誤を繰り返した中にもあったように、たとえば連句の形式になぞらえて、長句（三行詩）と短句（二行詩）の組み合わせなどが、もう一度試みられてもよいのではないか。

またたとえば①の方法、前節第三行目の言葉を次節の第三行目に繰り返す等のルールについても、いささかの疑義が残る。このやり方を、前述のように同義同語の反復を嫌う連句の方法論、その「去嫌い」に照らしてみた場合、いわゆる〝三句去り〟に当たるから、必ずしもルール違反とは言えないまでも、変化を旨とする連句の基本理念からすると、けっして望ましいことではない。昨年（一九九九年）惜しくも病没した札幌の連句人・窪田薫は、ポスト・モダンの詩を求めて、連句の革新に情熱を捧げたことで知られるが、彼は、徹底して同義同語の繰り返しを嫌い、一期一会ならぬ「一語一会」をスローガンに掲げたほどだった。すなわち一巻の中では、花月を除いて、同語はもちろん同字の反復さえも認めないという厳格な姿勢を崩さなかった。

前句に触発されて付句が生まれるというのは連句の基本ではあるけれども、特に芭蕉の詩風を伝える「蕉風俳諧」などでは、余情付けこそが尊重され、前句の言葉に即し過ぎるような付け方は概して斥けられた。そのような連句の立場からすると、スタンザ毎に同じ言葉を繰り返すという①や②の方法は、ほとんど肯じ難いものに思われる筈である。

もちろん連詩は、連句とはほとんど異なるジャンルといってよい。通常の詩の場合はかえって、リフレインや頭韻（アリタレーション）、脚韻（ライム）といった繰り返し言葉の効果を最大限に活用する場面も多々あるだろうし、私にしても、ただ単に連句のセオリーのみをもって、新しく発明工夫されつつある現代連詩の方法やルール、その進取革新の精神を難ずる気持は毫もない。むしろ、さまざまな角度からの練磨を経て、それらの方法論や様式が確固たるものとなり、ダイアローグの詩の磁場に、より多くの詩人たちが参入する日を待遠しく思うものである。

（「詩と思想」二〇〇〇年四月号初出）

*

参考引用文献（順不同）

『日本史年表第四版』歴史学研究会編（岩波書店）
『広辞苑　第六版』（岩波書店）
『連句辞典』東明雅他編（東京堂出版）
『歴代天皇年号事典』米田雄介編（吉川弘文館）
『新字源』小川環樹他編（角川書店）
『明解漢和辞典』宇野哲人編（三省堂）
『舊新約聖書』（日本聖書協会）
『季寄せ』山本健吉編（文藝春秋社）
『連句・俳句季語辞典／十七季』東明雅他編集（三省堂）
『漢詩大系古詩源』内田泉之助監修（集英社）
『青木正児全集』（春秋社）
『奇人と異才の中国史』井波律子（岩波新書）
『和漢聯句譯注』京都大学研究室編（臨川書店）
『機山武田信玄公の漢詩』萩原留則（ブティック社）
『新訓万葉集』佐々木信綱編（岩波文庫）
『新訂古事記』武田祐吉訳注（角川文庫）
『現代語訳古事記』福永武彦訳（河出文庫）
『和漢朗詠集』川口久雄訳注（講談社学術文庫）
『子規全集』（改造社）
『子規全集』（講談社）
『李賀歌詩篇』上・中・下　原田憲雄訳注（東洋文庫・平凡社）
『古今和歌集』尾上八郎校訂（岩波文庫）
『新古今和歌集』小島吉雄校注（朝日新聞社）
『水無瀬神宮と周辺の史跡』（水無瀬神宮社務所）
『京都冷泉家の八百年』冷泉為人編（ＮＨＫ出版）
『新古今新考・断崖の美学』塚本邦雄（花曜社）
『歌集日本人靈歌』塚本邦雄（四季書房）
『選歌集　寵歌』塚本邦雄（花曜社）
『塚本邦雄全集』（ゆまに書房）
『菊帝悲歌』塚本邦雄（集英社）
『花鳥星月』塚本邦雄（書肆季節社）
『歌集紡錘』山中智恵子（不動工房）

『能と能面の世界』『続 能と能面の世界』中村保雄
（淡交新社）
『定家明月記私抄』『同続篇』堀田善衛（新潮社）
『式子内親王伝』石丸晶子（朝日文庫）
『陶淵明全集』松枝茂夫他訳注（岩波文庫）
『陶淵明伝』吉川幸次郎（新潮選書）
『荘子』福永光司訳注（朝日新聞社）
『荘子物語』諸橋轍次（講談社学術文庫）
『荘子伝』原田憲雄（木耳社）
『老子』小川環樹訳注（中公文庫）
『老子の講義』諸橋轍次（大修館書店）
『文藝論』九鬼周造（岩波書店）
『神曲』ダンテ／寿岳文章訳注（集英社）
『神曲』ダンテ／山川丙三郎訳注（岩波文庫）
『マチネ・ポエティク詩集』（真善美社）
『連歌の世界』伊地知鐵男（吉川弘文館）
『連歌集』伊地知鐵男校注（岩波書店）
『梁塵秘抄』佐々木信綱校訂（岩波文庫）
『山家鳥虫歌』浅野建二校注（岩波文庫）
『平家物語』佐藤謙三校注（角川文庫）
『連句入門』東明雅（中公新書）
『おくのほそ道』杉浦正一郎校注（岩波文庫）
『評釈冬の日』幸田露伴（岩波書店）
『評釈猿蓑』幸田露伴（岩波文庫）
『芭蕉の恋句』東明雅（岩波新書）
『去来抄・三冊子・旅寝論』穎原退蔵校訂（岩波文庫）
『芭蕉書簡集』萩原恭男校注（岩波文庫）
『芭蕉俳句集』中村俊定校注（岩波文庫）
『芭蕉七部集』中村俊定校注（岩波文庫）
『芭蕉連句集』中村俊定他校注（岩波文庫）
『芭蕉の連句を読む』中村俊定（岩波セミナーブックス）
『芭蕉の俳諧』暉峻康隆（中公新書）
『芭蕉紀行』嵐山光三郎（新潮文庫）
『芭蕉悪党』嵐山光三郎（新潮文庫）
『天地明察』上・下 冲方丁（角川文庫）
『三河小町』安井小洒校訂（蕉門珍書百種刊行会）

『共生の文学』別所真紀子（東京文献センター）
『つらつら椿』別所真紀子（新人物往来社）
『雪はことしも』別所真紀子（新人物往来社）
『芭蕉経帷子』別所真紀子（新人物往来社）
『数ならぬ身とな思ひそ』別所真紀子（新人物往来社）
『日本の韻律』松林尚志（花神社）
『桃青から芭蕉へ』松林尚志（鳥影社）
『芭蕉から蕪村へ』松林尚志（角川学芸出版）
『江戸俳諧逍遙』高田保二（青海波俳句会）
『近世阿波俳諧史拾遺』佐藤義勝（航標俳句会）
『俳諧史の諸問題（引導集）』中村俊定監修（笠間書院）
『俳人吉分大魯』杉山虹泉（私家版）
『吉分大魯考』佐藤義勝（航標俳句会）
『蘆陰句選』河東秉五郎編（蕪村研究会）
『仏教語源散策』中村元編（東京書籍）
『術語集』I・II中村雄二郎（岩波新書）
『マルドロールの歌』ロートレアモン／栗田勇一訳（角川文庫）
『悪魔の辞典』A・ビアス／西村正身訳（岩波書店）
『夢の宇宙誌』澁澤龍彦（美術出版社）
『迷宮としての世界』G・R・ホッケ／矢川澄子他訳（美術出版社）
『ホモ・ルーデンス』J・ホイジンガ／高橋英夫訳（中央公論社）
『海潮音』上田敏訳（新潮文庫）
『珊瑚集』永井荷風訳（岩波文庫）
『月下の一群』堀口大學訳（新潮文庫）
『リルケ詩抄』茅野蕭々訳（岩波文庫）
『リルケ詩集』高安国世訳（岩波文庫）
『リルケ詩集』富士川英郎訳（新潮文庫）
『空と夢』G・バシュラール／宇佐見英治訳（法政大学出版局）
『火の精神分析』G・バシュラール／前田耕作訳（せりか書房）
『ぴーぐる』21「白いコウホネ?―『海潮音』の植物」高階杞一（澪標）

『蕪村俳句集』尾形仂校注（岩波文庫）
『蕪村全集』（講談社）
『此ほとり一夜四歌仙評釈』中村幸彦（角川書店）
『蕪村書簡集』大谷篤三他校注（岩波文庫）
『ことばの歳時記』金田一春彦（新潮文庫）
『与謝蕪村』安東次男（講談社文庫）
『座の文芸蕪村連句』暉峻康隆監修（小学館）
『蕪村』藤田真一（岩波新書）
『荒地』T・S・エリオット／西脇順三郎訳（東京創元社）
『四つの四重奏』T・S・エリオット／二宮尊道訳（南雲堂）
『キャッツ』T・S・エリオット／北村太郎訳（大和書房）
『詩の窓』藤富保男（思潮社）
『百人一首』島津忠夫訳注（角川文庫）
『武玉川・とくとく清水』田辺聖子（岩波新書）
『柳多留名句選』山澤英雄選（岩波文庫）
『小林一茶』青木美智男（岩波新書）
『一茶俳句集』丸山一彦校注（岩波文庫）
『一茶の連句』高橋順子（岩波書店）
『元祿期 軽口本集』武藤禎夫校注（岩波文庫）
『文芸読本正岡子規』（河出書房新社）
『國文學 解釈と教材の研究 正岡子規』16年3月号（學燈社）
『夕顔の花 虚子連句論』村松友次（永田書房）
『高濱虚子全集』（毎日新聞社）
『立子へ抄』高濱虚子（岩波文庫）
『俳諧余談』橋閒石／和田悟朗編（白燕俳句会）
『李商隠詩選』川合康三選訳（岩波文庫）
『美しい日本の私 その序説』川端康成（講談社現代新書）
『連詩 揺れる鏡の夜明け』大岡信、T・フイッツシモンズ（筑摩書房）
『連詩集 近づく湧泉』木島始編（土曜美術社出版販売）

引用詩句索引

＊小括弧内数字は連句茶話序数を示す。

き

く

む

め

も

や

ヤ行

ラ・ワ行

ナ行

ハ行

マ行

サ行

タ行

人名索引

＊括弧内数字は連句茶話序数を示す。

鈴木漠著作目録

＊詩集

星と破船　一九五八年　濁流の会
魚《うお》の口　一九六三年　海の会
車輪（特装版）　一九六七年　海の会
車輪（普及版）　一九六八年　海の会
二重母音《ぼいん》　一九七三年　海の会
鈴木漠詩集（審美文庫）　一九七三年　審美社
風景論　一九七七年　書肆季節社
火　一九七七年　書肆季節社
火（特装版・須田敏夫色彩銅版画付）　一九七七年　書肆季節社
投影風雅（第14回日本詩人クラブ賞）　一九八〇年　書肆季節社
抽象　一九八三年　書肆季節社

妹背《いもせ》（私家版）　一九八六年　書肆季節社
海幸《うみさち》　一九八六年　書肆季節社
色彩論　一九九三年　書肆季節社
続　鈴木漠詩集（審美文庫）　一九九七年　審美社
変容　一九九八年　編集工房ノア
鈴木漠詩集（思潮社現代詩文庫）　二〇〇一年　思潮社
言葉は柱　二〇〇四年　編集工房ノア
遊戯論《ゆげろん》　二〇一一年　編集工房ノア
続続　鈴木漠詩集　二〇一四年　編集工房ノア

＊連句集（編著）
壺中天　一九八三年　書肆季節社
海市帖（第2回連句協会推薦図書表彰）　一九八九年　書肆季節社
虹彩帖　一九九三年　書肆季節社
青藍帖　一九九七年　徳島連句懇話会

風餐帖　一九九七年　編集工房ノア
露滴抄　一九九九年　編集工房ノア
飛光抄（宗祇法師大賞歌仙「運河」所収）　二〇〇一年　編集工房ノア
果樹園（02年度徳島県出版文化賞）　二〇〇二年　徳島連句懇話会（徳島県連句協会）
花神帖　二〇〇三年　編集工房ノア
ぜぴゅろす抄（海市の会二〇周年記念刊行）　二〇〇四年　編集工房ノア
轣轆帖《れきろくてふ》　二〇一一年　編集工房ノア
虚心（ひょんの会一〇周年記念刊行）　二〇一二年　編集工房ノア
滅紫帖（海市の会三〇周年記念刊行）　二〇一四年　編集工房ノア

＊随想集
連句茶話　二〇一六年　編集工房ノア

あとがき

「連句茶話《さわ》」を傍題とした小文は、二〇一一年五月から二〇一五年十二月までの期間、兵庫の月刊短歌結社誌『六甲』に連載されました。執筆の機会は、『六甲』誌創刊の時から関わりを持ち、地曳彦兵衛（字引ヒクベエ）を別称とする博覧博捜の人宮崎修二朗翁のご斡旋によるものでした。

「茶話」を僭称するについては、かつて薄田泣菫随筆集「茶話《ちゃばなし》」という知識の宝庫があり、そのサンクチュアリを侵すおそれがないかと案じられもしましたが、国文学の徒でも俳諧研究家でもない一介の連句愛好者の立場から、連句文芸二千年の歴史に、お喋り《チャット》感覚で挑んでみたことでした。

帯文を賜った高橋睦郎さんとは、敬愛する今は亡き詩人多田智満子さんを交えての三吟歌仙「醍醐の巻」（連句集『花神帖』所収）満尾という豊かな時間を共有した間柄でもあり、ご多忙のなかペンをお執りくださったことに深く感謝を申し上げます。

二〇一六年二月　　鈴木　漠

鈴木　漠（すずき・ばく）
1936年（昭和11年）徳島市にて出生。神戸市在住。昭和33年刊第1詩集『星と破船』から近刊の第14詩集『遊戯《ゆげ》論』まで一貫して活字表現（タイポグラフィー）としての詩に取り組んでいる。詩集、選詩集20冊、連句集（編著）13冊を刊行。第7詩集『投影風雅』で第14回日本詩人クラブ賞（昭和56年）。平成3年第2連句集『海市帖』で第2回連句協会推薦図書表彰。その他、平成14年徳島県文化賞、平成17年神戸市文化賞、平成22年兵庫県文化賞をそれぞれ受賞。日本文藝家協会、日本ペンクラブ、日本現代詩人会、日本詩人クラブ、日本連句協会、各会員。

連《れん》句《く》茶《さ》話《わ》
二〇一六年四月一日発行
著　者　鈴木　漠
発行者　涸沢純平
発行所　株式会社編集工房ノア
〒五三一—〇〇七一
大阪市北区中津三—一七—五
電話〇六（六三七三）三六四一
FAX〇六（六三七三）三六四二
振替〇〇九四〇—七—三〇六四五七
組版　株式会社四国写研
印刷製本　亜細亜印刷株式会社

ISBN978-4-89271-251-7